RAINER M. SCHRÖDER

Kommissar Klicker
Die Heringsfalle

ILLUSTRIERT VON ERICH HÖLLE

Schneider-Buch

Inhalt

Der Mann mit der Knollennase

Den ganzen Tag hatte die Sonne mit sengender Kraft vom wolkenlosen Himmel gebrannt, nun endlich brach die Dunkelheit über Steinenbrück herein. Doch auch der Abend brachte nicht die erhoffte Abkühlung. Kein noch so schwacher Windhauch regte sich. Wie eine Glocke lastete die Hitze über der Stadt.

Keuchend und schwitzend eilte ein untersetzter Mann in einer schwarzen Lederjacke durch die ruhige Seitenstraße, die am Hinterhof des *Park-Hotels* vorbeiführte. Er hielt sich im Schutz der Hauswände, als hätte er guten Grund, das Licht der Straßenlaterne zu scheuen.

Knolle hieß dieser Mann, der der Polizei kein Unbekannter war. Seine krummen Dinger füllten als knappe Polizeiprotokolle einen dicken Aktenordner. Und auf den zahlreichen Steckbriefen wurde auf seine übergroße knollenförmige Nase unter der Rubrik *Besondere Kennzeichen* hingewiesen.

Unter seinem rechten Arm trug Knolle einen Gegenstand, der in eine Wolldecke eingewickelt und etwa zweimal so groß wie eine aufgeschlagene Tageszeitung war.

Ein Wagen bog in die Straße ein. Die Scheinwerfer tanzten über den Asphalt, der die tagsüber gespeicherte Wärme jetzt wieder abgab. Hastig flüchtete Knolle in die schützende Schwärze eines Torbogens und preßte sich gegen die Mauer. Es war offensichtlich, daß er nicht gesehen werden wollte.

Kurz vor dem Torbogen bremste der Wagen ab.

Knolle hielt den Atem an, während der Schweiß in kleinen Bächen über sein Gesicht rann und von seiner Knollennase tropfte.

Er hatte Angst.

Der Wagen rollte jedoch in eine Garage, die Scheinwerfer erloschen, eine Tür krachte, Schritte entfernten sich – und dann war es wieder still.

Knolle stieß einen Stoßseufzer der Erleichterung aus und trat vorsichtig aus dem Schatten des Torbogens. Er spähte über die Straße. Auf der anderen Seite lag die Zufahrt zum Hinterhof des *Park-Hotels*.

Der Ganove zögerte einen Augenblick und überlegte, ob er es wirklich riskieren sollte. Dann gab er sich einen Ruck. Zum Teufel, ihm blieb überhaupt keine andere Wahl!

Er hastete über die Straße in den Hinterhof und blieb vor der Tür stehen, auf der mit schwungvollen Buchstaben *Lieferanteneingang* gepinselt war. Der obere Teil der Tür bestand aus geriffeltem Milchglas. Gelblicher Lichtschein fiel durch das Glas in den Hof.

Der Gauner drückte die Türklinke hinunter.

„Abgeschlossen", murmelte er und hielt einen Moment lang inne. Schließlich zog er einen Bund mit Nachschlüsseln aus seiner Jackentasche und fand auch schnell den passenden Dietrich. Während er die Tür aufschloß, lächelte er zufrieden. Er liebte es, auf die lautlose Tour in fremde Häuser und Wohnungen einzudringen.

Im nächsten Augenblick befand sich Knolle in dem kleinen Flur, der an der Küche vorbeiführte. Eine der beiden Schwingtüren stand offen, so daß er ungehindert einen Blick in die Hotelküche werfen konnte. Die heiße Luft, die in den Flur herausdrang, nahm ihm fast den Atem.

Knolle rieb sich heftig die Nase, was er stets dann tat, wenn er aufgeregt war. Und jetzt hatte er wahrlich allen Grund, nervös zu sein. Er und seine Freunde waren nämlich geliefert, wenn das hier nicht klappte ...

Das Bild der Mama Liese

Blacky pfiff leise vor sich hin, während er Teig in eine Teigspritze füllte. Die Luft im Raum flirrte, denn beide Backöfen arbeiteten mit voller Leistung. Die Hitze machte Blacky jedoch nicht das geringste aus. Vor ihm auf der breiten Küchenanrichte lagen große Kuchenbleche, die er schon mit Butter eingefettet hatte.

Gerade hatte Blacky die Spritze gefüllt, als sich sein sechster Sinn meldete. Seine Muskeln spannten sich unwillkürlich, sein Gehirn signalisierte Gefahr.

Jemand schlich sich von hinten an ihn heran!

Blacky ließ sich nicht anmerken, daß er gewarnt war. Weiterhin unmelodisch pfeifend, legte er die Teigspritze ohne Hast aus der Hand und griff nach einem besenstiellangen Holzschieber. Normalerweise benutzte er diese Holzstange mit dem flachen Brett dazu, Pizzagerichte in den Holzkohleofen zu schieben. Im Notfall ließ sie sich aber auch als Waffe gebrauchen.

Mit einer Schnelligkeit, die man dem dickleibigen Blacky auf den ersten Blick niemals zutrauen würde, wirbelte er herum – und das flache Brett des Holzschiebers schnitt durch die Luft.

Knolle stieß einen unterdrückten Schrei aus, als Blacky ihm das abgeflachte Ende vor die Brust rammte und ihn damit an der Wand festnagelte.

„Blacky! ... Um Himmels willen!" keuchte der Ganove, über diese unverhoffte Attacke zu Tode erschrocken. „Ich bin es doch! Dein Freund Knolle!"

Nun war es an Blacky, überrascht zu sein. „Knolle?! ... Mich laust der Affe!" Er verzog das Gesicht zu einem Lächeln, das jedoch eher Ärger als Freude ausdrückte. Und nur zögernd ließ er den Holzschieber sinken. Knolle und er waren nie Freunde gewesen und würden es auch nie sein. Knolle war ein mieser, hinterhältiger Gauner. Vor etwa zwei Jahren hatte er ihn, Blacky, bei einem Geschäft mit heißer Ware übers Ohr gehauen. Das hatte er nicht vergessen.

„Mein Gott, wie hältst du es nur in dieser Sauna aus?" stöhnte Knolle und fuhr sich mit dem Taschentuch über das schweißnasse Gesicht. Der Schreck saß ihm in den Knochen, und er ahnte, was Blacky gerade dachte.

„Laß das man mal meine Sorge sein", knurrte Blacky. Er wußte schon jetzt, daß dieser Besuch nur Ärger bedeutete.

„Du bist 'ne große Nummer geworden", sagte Knolle nun voller Hochachtung und machte eine vage Handbewegung, die das ganze Hotel einschloß. „Daß ihr euch diesen Hotelkasten zugelegt habt, war eine glänzende Idee ... eine bessere Tarnung für illegale Geschäfte gibt es gar nicht."

„Wie bist du überhaupt hereingekommen?" fragte Blacky mit gefurchter Stirn.

„Durch die Hintertür."

„Die war verschlossen!"

„Verschlossene Türen waren für mich noch nie ein Problem", prahlte Knolle. „Nun, weißt du, ich wollte kein Aufsehen erregen. Ich denke, das war auch in deinem Sinne."

Blacky musterte ihn unfreundlich. „Ich verstehe. Die Polizei ist hinter dir her, stimmt's?"

„Das ist sie schon seit Jahren, aber diese Schwachköpfe kriegen mich nie“, prahlte Knolle.

„Was willst du?“ fragte Blacky scharf.

Knolle zeigte sich über Blackys Frage verwirrt. „Geschäfte machen natürlich. Ich habe erstklassige Ware, Blacky. Da ist für uns beide eine Menge Geld drin!“

„Ich mache keine faulen Geschäfte mehr!“

Knolle bezog Blackys ablehnende Antwort fälschlicherweise auf den unerfreulichen Vorfall von vor zwei Jahren, als er Blacky geleimt hatte.

„Laß uns die alten Geschichten vergessen, Blacky“, sagte der Ganove einschmeichelnd. „Ich weiß, daß ich damals nicht ganz fair war. Fangen wir also ganz neu an. Ich mach dir auch einen Sonderpreis als Wiedergutmachung. Ich werde dich für alles ...“

Blacky unterbrach ihn kühl. „Ich sagte doch, ich mache keine faulen Geschäfte mehr ... mit *niemandem,* Knolle. Ich bin aus dem Geschäft ausgestiegen. Für immer. Also nimm deine Sachen und verschwinde!“

Knolle starrte ihn entgeistert an, dann brach er in ein rauhes Gelächter aus. „Teufel, du spielst die Rolle des Biedermannes verdammt gut, das muß man dir lassen. Aber mir brauchst du doch nichts vorzumachen. Wir kennen uns doch, sind in einer Branche!... Vielleicht glaubst du, ich hätte nur billigen Kleinkram anzubieten, he? Aber die Zeiten sind vorbei, Blacky. Knolle hat sich mittlerweile auf die ganz großen Fische spezialisiert, die die Kasse zum Klingen bringen. Hier, schau dir mal das Gemälde an ...“ Er wickelte ein Frauenporträt in einem Goldrahmen aus der Wolldecke. „Ist das nicht ein Geschäft mit Knolle wert? Millionen ist das Bild wert, das weiß jedes Schulkind!... Mama Liese oder so heißt der Schinken. Da!... Schau es dir in Ruhe an.“

„Von einer Mama Liese habe ich noch nie gehört. Was du da in der Hand hast, ist das Bildnis der Mona Lisa“, verbesserte ihn Blacky mit beißendem Spott.

Knolle fegte den Einwand mit einer flotten Handbewegung beiseite. Er glaubte, Blacky habe nun angebissen. „Ob nun Mama

Liese oder Mona Dingsbums, was macht das für einen Unterschied ..."

„Einen gewaltigen!"

„... wenn dieser Ölschinken nur Millionen wert ist", fuhr Knolle begeistert fort. „Auf jeden Fall ist das die Frau mit dem irren Lächeln. Also ich würde keine müde Mark für solch ein blödes Bild ausgeben."

Blacky nahm das Ölgemälde und betrachtete es eingehend. Ein schadenfrohes Lächeln umspielte seine Mundwinkel. „Du hast nie viel Kunstverstand besessen."

„Hauptsache, die Kasse stimmt", frohlockte Knolle.

„Und diesmal wird sie stimmen, Blacky. Wir werden absahnen, auch wenn du das Bild weit unter dem Marktpreis verscherbelst."

„Da bin ich mir aber nicht so sicher."

Knolle runzelte die Stirn. „Mach mir ein Angebot, und dann reden wir weiter. Was ist das Gemälde auf dem schwarzen Markt wert?"

„Hundert bestenfalls."

„Hunderttausend?" Knolle bedachte ihn mit einem wütenden Blick. „Du mußt verrückt geworden sein! Ich weiß, daß das Bild in der ganzen Welt berühmt ist und man keine Millionen dafür bekommt. Aber es gibt genügend Sammler, die mindestens eine halbe Million ausgeben würden, nur um es zu besitzen ... und wenn sie es im Safe oder Keller verstecken müßten!"

„Das stimmt", gab Blacky gelassen zu.

„Du bist das As der Hehlerbranche und verfügst über die besten Verbindungen. Für dich ist es doch ein Kinderspiel, einen Käufer für das Gemälde zu finden ... und zwar für eine halbe Million mindestens. Mit dreihunderttausend bin ich völlig zufrieden."

„Du wirst dich mit Nullkommanichts begnügen müssen."

„Die Hitze in diesem verdammten Brutkasten muß dir den Verstand geraubt haben. Das ist das Geschäft deines Lebens! Die Krönung deines Hehlerlebens!" beschwor Knolle ihn. „Du kannst unmöglich ..."

„Nun mal ganz langsam, Knolle!“ Blacky stoppte seinen Redefluß. Es wurde Zeit, dieses Gespräch zu beenden. Seine Kuchen warteten. „Da sind ein paar Mißverständnisse, die ich wohl aufklären muß.“

„Den Eindruck habe ich, verdammt noch mal, auch“, brummte Knolle.

„Zuerst einmal dies: Du bist bei mir an der falschen Adresse. Ich bin längst kein Hehler mehr. Dieses Kapitel gehört der Vergangenheit an. Ich bin ausgestiegen, und zwar endgültig, damit wir uns klar verstehen.“

Knolle war im ersten Moment sprachlos. „Das kann nicht dein Ernst sein!“ stieß er schließlich ungläubig hervor. „Dieses Hotel ist...“

„Das *Park-Hotel* ist ganz und gar keine Tarnung, wie du irrigerweise angenommen hast“, fiel Blacky ihm ins Wort. „Adi, Tino, Carlo, Bodo, der Baron und ich – wir alle haben dem Ganovenleben den Rücken gekehrt. Dieses Hotel haben wir von unseren Ersparnissen gekauft. Es ist unser neues ehrliches Geschäft – und sonst gar nichts!“

„Das glaube ich nicht!“

„Das ist dein Problem“, sagte Blacky kalt. „Und nun zu diesem Gemälde. Ich sprach vorhin nicht von hundert*tausend* Mark, sondern ganz schlicht von hundert. *Einhundert!* Obwohl ich bezweifle, daß du überhaupt einen Käufer finden wirst. Das Beste an dem Bild ist noch der Rahmen. Fünfzig Mark wirst du dafür im Leihhaus bekommen, das Bild dagegen kannst du vergessen.“

„Du lügst!“ schrie Knolle mit hochrotem Gesicht. „Das ist eine hundsgemeine Lüge. Du willst dich für das rächen, was damals geschehen ist... für diese lächerliche Lappalie!“

„Du irrst wieder“, Blacky lächelte aufreizend. „Du hast eine Kopie geklaut, Knolle, dazu noch eine sehr lausige. Eine Kopie, die zu Hunderten in Fließbandarbeit hergestellt wird und auf dem schwarzen Markt keinen Pfennig wert ist. Das Original hängt nämlich im Louvre in Paris. Das hier ist eine Kopie – und zwar aus

Japan. Steht hinten sogar drauf, du Trottel!"

Knolle wurde aschfahl. Vor einer halben Stunde hatte er noch mit Hunderttausenden gerechnet, und jetzt dies. Mit zitternden Händen drehte er das Gemälde um – und fand bei näherem Hinsehen in einer Ecke wirklich den Aufdruck *Made in Japan.*

„Eine Kopie... eine gottverdammte Kopie!" murmelte er fassungslos.

„Damit wären wohl alle Mißverständnisse geklärt. Und nun zieh Leine mit deinem Kaufhauskitsch. Ich habe noch zu arbeiten. Gleich sind die beiden Kuchen fertig."

Knolle schluckte heftig und unterdrückte ein Übelkeitsgefühl. „Okay, ich gebe zu, mit dem Gemälde sind wir reingefallen. Aber ich habe noch eine ganze Menge anderer Sachen anzubieten, wirklich wertvolle Stücke, Ehrenwort! Du weißt, daß ich von Schmuck verdammt viel verstehe. Wir haben da ein Landhaus ausgeräumt und 'ne Masse Schmuck mitgehen lassen. Hier ist ein Diamantring. Der ist garantiert echt. Blacky, wir brauchen das Geld dringend. Wir müssen verschwinden, weil uns der Boden zu heiß geworden ist. Aber ohne Geld haben wir keine Chance..."

„Du sollst verschwinden!" fuhr Blacky ihn nun verärgert an. „Ich wiederhole mich nicht gern. Verdufte, zum Teufel noch mal!"

Knolle begriff, daß Blacky es ernst meinte. Nun stieg Wut in ihm hoch. „He, so kannst du nicht mit mir reden, Blacky! Das lasse ich mir nicht bieten. Langsam habe ich von deiner Überheblichkeit genug, Mann. Wenn du nicht ein bißchen freundlicher wirst, lernst du mich erst mal richtig kennen..."

Blacky hatte sich wieder seinen Kuchenblechen zugewandt. Nun fuhr er herum. Dieser Ton, den Knolle sich da herausnahm, war ja geradezu eine Unverschämtheit. „Willst *du* mir vielleicht drohen?"

Knolle funkelte ihn zornig an. „Einfach so aus der Branche aussteigen, ist nicht drin. Ich weiß noch eine ganze Menge über dich, was die Bullen bestimmt interessiert..."

Blackys Augen verengten sich. Knolle hatte den Bogen überspannt. „Willst du meine Antwort hören? Hier ist sie!" Blitzschnell packte er die Teigspritze und drückte kräftig zu. Der Teig schoß aus der Öffnung und klatschte Knolle mitten ins Gesicht und in den offenen Mund.

Mit einem erstickten Aufschrei wich Knolle zurück, würgte und rang keuchend nach Atem. Er wollte auf Blacky losgehen, doch eine erneute Ladung verklebte seine Augen.

Bevor der Ganove sich den Teig aus dem Gesicht wischen

„Das hättest du besser nicht gesagt, Freundchen", zischte Blacky und drehte die Knollennase des Ganoven nach rechts

konnte, hatte Blacky ihn fest im Griff. Mit Zeige- und Mittelfinger packte er nämlich die Knollennase und drehte sie nach rechts.

„Das hättest du besser nicht gesagt, Freundchen", zischte Blacky, während Knolle mit schmerzverzerrtem Gesicht jammerte. „Los, raus mit dir! . . . Beweg dich!" Er schubste Knolle rückwärts aus der Küche, durch den Flur und öffnete die Hintertür, ohne seinen schmerzhaften Zangengriff um Knolles Nase zu lockern.

„Loslassen! . . . Laß mich los!" wimmerte Knolle.

„Das kannst du gerne haben!" Blacky ließ los, packte ihn an der Schulter und wirbelte ihn herum. Er versetzte ihm einen kräftigen Tritt in den Hintern.

Knolle taumelte die drei Stufen hinunter, verlor das Gleichgewicht, krachte mit der linken Schulter gegen zwei übervolle Mülltonnen und ging zu Boden. Die Mülltonnen riß er dabei mit sich, und der Abfall ergoß sich über ihn.

Benommen blieb Knolle liegen. Er merkte gar nicht, daß Blacky schnell in die Küche lief und mit dem Fließband-Gemälde zurückkam. Erst als Blacky vor ihm stand, hob er den Kopf und blickte ihn mit glasigen Augen an.

„Hier, das hast du vergessen", Blacky schlug ihm das Bild über den Kopf. Das dünne Leinen riß sofort ein. Und dort, wo gerade noch das geheimnisvolle Lächeln der Mona Lisa zu sehen gewesen war, schaute nun Knolles verdutztes Gesicht heraus. „Und laß dich hier bloß nie wieder blicken!"

Knolle war so verdattert, daß er zu keiner Antwort fähig war. Er saß im Dreck mit dem Bild um den Hals. Doch ohnmächtige Wut und lodernder Haß standen in seinen Augen. Blacky übersah es nicht. Er drehte sich auf dem Absatz um, schob seine schwarze Kochmütze zurecht und ging ins Hotel zurück. Krachend schlug er die Tür hinter sich zu.

Fluchend rappelte sich Knolle auf. Er schnippte den Abfall von Jacke und Hose und wischte sich den Teig aus dem Gesicht. Die Mona-Lisa-Kopie schleuderte er wütend zwischen die Mülltonnen.

„Okay, diese erste Runde geht an dich!" stieß er haßerfüllt in

Richtung Hintertür aus. „Aber ich werde mich rächen, Blacky. Du wirst noch dein blaues Wunder erleben, das schwöre ich dir, so wahr ich Knolle heiße!"

Eine verdammt schlechte Nachricht

Im Eilschritt bog Kommissar Nagel um die Ecke am Westpark und fuhr erschrocken zurück. Ein stark gebündelter Wasserstrahl schoß über seinen Kopf hinweg. Hätte der Kommissar noch volles Haar besessen, so hätte der Strahl ihm jetzt einen neuen Scheitel gezogen. So aber schoß das Wasser über seine spiegelblanke Glatze. Mehr als nur ein paar Tropfen rannen ihm über das Gesicht und den Nacken hinunter.

Der Kommissar sprang schnell hinter die Mauerecke zurück, während der Wasserstrahl noch immer mit wilden Schlangenlinien durch die Luft tanzte und gut fünf Meter weiter mitten auf die Straße klatschte.

Vorsichtig lugte Nagel um die Ecke. Vor dem Portal des *Park-Hotels* erblickte er Bodo Brocken, der auf dem Gehsteig kniete und mit seinem Liebling redete, dem schwarzen Kater Al Capone. Er schien völlig vergessen zu haben, daß er in der rechten Hand den Wasserschlauch hielt.

„Bodo!" brüllte der Kommissar.

Bodo blickte überrascht auf. „Oh, Kommissar!" rief er erfreut und drehte sich zu ihm um – mit dem Schlauch! Der Wasserstrahl schoß direkt auf Nagel zu und zischte haarscharf an seiner rechten Wange vorbei.

In letzter Sekunde konnte sich Nagel in Sicherheit bringen. „Stell endlich die Wasserspritze ab!" schrie er um die Ecke.

Bodo Brocken, ein wahrer Kleiderschrank von einem Mann, war früher einmal Boxer gewesen. Schwergewicht. Seine Karriere ging jedoch genauso schnell zu Ende, wie sie begonnen hatte. Sein

Manager hatte nämlich schnell erkannt, daß Bodo keiner Fliege etwas zuleide tun konnte. Nur wenn er sehr gereizt war oder aber einer seiner Freunde Hilfe brauchte, legte Bodo, der Bomber, los. Dann aber blieb kein Auge trocken und kein Stuhl heil. Wo Bodo, der Bär mit dem superkurzen Meckischnitt, hinlangte, wuchs kein Gras mehr.

Bodo war ein liebenswerter Bursche, der sehr an seinem Kater und seinen Freunden hing. Nur besaß er nicht gerade den hellsten Kopf. Er brauchte Zeit, um etwas zu begreifen. Man mußte ihm stets alles zweimal sagen, bevor er etwas kapierte. Aber dann konnte man sich auch hundertprozentig auf ihn verlassen.

Bodo brauchte auch in diesem Fall reichlich lange, bis er begriff, daß er mit dem Wasserstrahl ein wahres Sperrfeuer legte. Hastig schraubte er den Hahn an der Außenwand zu. „Sie können herauskommen, Kommissar!"

„Sehr gütig", brummte Kommissar Klicker. Sein kugelförmiger Glatzkopf hatte ihm diesen Spitznamen eingetragen. Dann schleuderte er seine klitschnasse Zigarre in den Rinnstein.

„Ich wollte nur den Gehsteig ein bißchen sprengen", entschuldigte Bodo sich.

„Nichts gegen sprengen", meinte Nagel, „aber du hast halb Steinenbrück unter Wasser gesetzt."

Ein gedrungener Mann mit buschigen Augenbrauen, klaren, wachsamen Augen und einem scharfen Verstand eilte aus dem Hotel zu Bodo und Klicker auf die Straße. Es war Adi Ehrlich, der unangefochtene Boß der ehemaligen Ganoven-Clique. Nicht zu unrecht hieß er auch respektvoll Adi der Trickser.

„Was ist denn hier los?" fragte Adi scharf.

Bodo druckste herum. „Ich... äh... Al Capone... der Schlauch und der Kommissar... ich meine...", stammelte er verlegen.

Klicker schmunzelte. „Bodo hatte den Wasserschlauch einen Augenblick nicht unter Kontrolle, Adi. Halb so wild. Ich hatte mich zwar auf eine andere Erfrischung gefreut, aber bei dieser

Schwüle ist ein Wasserguß auch nicht so übel."

„Bodo, du hast dich mal wieder selbst übertroffen." Adi der Trickser konnte sich ein Lächeln nicht verkneifen.

„Mein Assistent Koopmann hat mir bestellt, Sie hätten gestern bei mir angerufen und wollten mich dringend sprechen?" erkundigte sich Klicker bei Adi. „Ich war leider bis heute mittag dienstlich unterwegs, sonst wäre ich gestern schon gekommen."

„So dringend ist es nun auch wieder nicht", sagte Adi und fügte leise hinzu: „Hoffentlich."

„Worum handelt es sich denn?"

„Blacky hatte gestern ein Erlebnis, das uns Sorgen macht", antwortete Adi. „Aber das soll er Ihnen besser selbst erzählen, Kommissar. Kommen Sie . . ."

Sie betraten das Hotel durch die Drehtür und durchquerten die Lobby. Carlo Canaletti schloß sich ihnen gleich an. Dieser bohnenstangenlange und handtuchschmale Bursche trug den Spitznamen Fassaden-Carlo. In Einbrecherkreisen erzählte man sich wahre Wunderdinge von ihm. Glatte Häuserfassaden ohne jeglichen Vorsprung waren für Fassaden-Carlo nichts Unüberwindliches. Schon als Kind träumte er davon, einmal ein berühmter Bergsteiger zu werden. Es blieb ein Traum. Er hatte es aber immerhin zum berühmt-berüchtigten Fassadenkletterer gebracht. Und wenn man die Maßstäbe der Ganoven ansetzte, konnte er im wahrsten Sinne des Wortes eine steile Karriere nachweisen – bis er sich mit Adi und seinen Freunden aus dem Ganovenleben zurückgezogen hatte.

„Carlo, sag Blacky Bescheid, daß der Kommissar im Haus ist", trug Adi ihm auf. „Wir gehen hinten in unseren privaten Salon. Er soll unsere Sommerspezialität mitbringen."

Der Kommissar strahlte zuversichtlich. „Sommerspezialität? Nun, da bin ich aber gespannt." Wie Blacky war Klicker ein leidenschaftlicher Esser und begeisterter Koch. Und nicht selten kam es vor, daß sich die beiden stundenlang in der Hotelküche aufhielten und neue Rezepte besprachen und dann auch gleich ausprobierten.

Adi lächelte in Gedanken. Kommissar Klicker war mehr oder weniger ihr Freund geworden. Doch es lag noch gar nicht so lange zurück, da hatte Klicker sie gejagt und sich geschworen, sie allesamt hinter Gitter zu bringen. Als sie dann das Hotel gekauft hatten, war Klicker anfangs sehr skeptisch gewesen und hatte hinter der Aktion irgendeinen besonders gerissenen Coup von Adi vermutet. Doch seit er wußte, daß Adi und seine Freunde es mit dem Ehrlichwerden wirklich ernst meinten, war er nicht nur allmählich ihr Freund geworden, sondern holte sich mittlerweile bei besonders komplizierten und vertrackten Fällen Rat und Hilfe bei ihnen.

„Hier läßt es sich aushalten", seufzte Klicker, als sie in den kühlen Raum kamen, der gemütlich eingerichtet war. Er ließ sich in einen Sessel fallen.

Augenblicke später kamen Fassaden-Carlo und Blacky. Der völlig in Schwarz gekleidete Koch – daher sein Spitzname – trug ein Tablett mit großen Glaskelchen. „Eiskaffee nach Hausrezept", verkündete Blacky stolz. „Mit Vanilleeis und einigen Zutaten. Ein Durstlöscher der ersten Klasse!"

Klicker nippte am Eiskaffee und verdrehte die Augen. „Göttlich, Blacky! Eine Spezialität wie gemacht für schwüle Augusttage."

„Wo man Spezialitäten serviert, soll man sich nicht ausschließen", ertönte eine betont akzentuierte Stimme hinter Blacky.

„Ah, der Baron!" rief Klicker erfreut.

„Du erlaubst, daß ich mich eines deiner Kreationen bemächtige." Der Baron nahm sich ebenfalls einen Kelch – mit spitzen Fingern.

Der Baron war ein hochgewachsener Mann und wirkte wie ein Aristokrat aus dem Bilderbuch. Graue Strähnen durchzogen sein dunkles, volles Haar. Seine markanten Gesichtszüge waren geradezu klassisch-griechisch. Ob er wirklich blaues Blut in den Adern hatte, wurde von vielen bezweifelt – und das zu Recht. Aber letztlich kam es darauf gar nicht an. Er trat auf und benahm sich wie ein echter Baron, und allein das war entscheidend.

Elegante, dezente Kleidung, ausgezeichnete Manieren und eine gewisse Blasiertheit charakterisierten diesen Baron, der lange Jahre seinen Lebensunterhalt als begnadeter Hochstapler, Falschspieler und Scheckbetrüger verdient hatte.

Kommissar Klicker griff zum langstieligen Löffel und schaufelte ein wenig Vanilleeis aus dem Kelch, während die ehemaligen Ganoven um ihn herum Platz nahmen. Sogar Bodo der Bomber gesellte sich mit seinem Liebling Al Capone zu ihnen. Einer jedoch fehlte – der einstige König der Falschmünzer.

„Wo ist Tino Tran?" erkundigte sich Nagel.

„Auf ihn brauchen wir nicht zu warten, Kommissar", sagte Adi. „Er macht ein paar persönliche Besorgungen."

Klicker nickte. „Nun gut, kommen wir also zur Sache. Schießen Sie los, Blacky!"

„Sagt Ihnen der Name Knolle etwas?"

Klicker ließ das Eis bei geschlossenen Augen auf der Zunge zergehen. „Knolle... Knolle", murmelte er schließlich. „Der Bursche ist kein unbeschriebenes Blatt. Ja, jetzt hab ich's wieder. Winfried Koblinski, der Mann mit der Rübe im Gesicht, auch Knolle genannt. Ein hervorragender Safeknacker – für meinen Geschmack sogar ein wenig *zu* hervorragend. Er ist mir schon mehrfach durch die Lappen gegangen."

„Gestern hätten Sie ihn schnappen können, wenn Sie hier im Hotel gewesen wären", ergänzte Blacky.

„Er war hier?"

Blacky berichtete nun ausführlich, was sich gestern in seiner Küche abgespielt hatte. Als er von Knolles Fiasko mit dem angeblich echten Mona-Lisa-Gemälde erzählte, brach schallendes Gelächter aus. Blacky schloß mit den Worten: „Gut möglich, daß ich den Kerl eine Spur zu rauh behandelt habe, aber ich kann es auf den Tod nicht ausstehen, wenn man mir droht."

„War völlig in Ordnung", sagte Fassaden-Carlo.

Klicker schlürfte den Rest Eiskaffee aus dem Glas und seufzte: „Knolle hat also mit ein paar Komplizen ein Landhaus ausgeräumt. Es wird sich leicht feststellen lassen, welches das gewesen ist."

„Blacky ist überzeugt, daß Knolle auf Rache sinnt", meinte Adi.

„Und weshalb?" wollte der Kommissar wissen.

„Ich habe es in seinen Augen gelesen", erklärte Blacky. „Diese Niederlage wird er bestimmt nicht hinnehmen. Das Kapitel Knolle ist garantiert noch nicht abgeschlossen. Ich habe das dunkle Gefühl, als würde er uns noch eine Menge Ärger bereiten."

„Deshalb haben wir Sie auch gleich informieren wollen", fügte Adi der Trickser hinzu. „Es ist sonst ja nicht unsere Art, Kollegen... äh... ehemalige Kollegen von uns zu verpfeifen. Aber dieser Fall liegt anders. Knolle war schon immer ein hintertriebener Bursche, der nicht davor zurückschreckte, seine Freunde reinzulegen."

Der Kommissar verstand. „Ich werde mich sofort darum kümmern und eine Fahndung in Gang setzen. Diesmal wird er mir nicht entwischen."

Der Baron runzelte plötzlich die Stirn und legte den Kopf schief. Ein angespannter Ausdruck trat auf sein Gesicht.

„Was ist?" fragte Carlo.

„Habt ihr das nicht gehört?" fragte der Baron zurück.

„Was?"

„Mir war, als hätte da irgend etwas im Flur geklirrt." Der Baron war sich seiner Sache jedoch nicht völlig sicher. „Ich sehe mal nach." Er verließ das Zimmer.

„Der Baron hat am hellichten Tag Halluzinationen", spottete Carlo.

„Kein Wunder bei dieser drückenden Schwüle", meinte der Kommissar und sah Blacky an. „Hat dieser köstliche Kelch noch einen Bruder?"

Blacky schmunzelte. „Er hat sogar ein Dutzend Zwillingsbrüder, Kommissar." Er erhob sich und wollte hinüber in die Küche, als die Tür aufgerissen wurde und der Baron ins Zimmer stürzte.

„Ich möchte ja nicht unken", sagte er mit erzwungener Ruhe, „aber ich habe den unangenehmen Eindruck, als hätte Knolle uns schon einen ersten Gruß geschickt... und zwar nicht gerade auf die feine englische Art. Das hier ist soeben durch die Milchglasscheibe der Hintertür geflogen!" Er hielt einen faustgroßen Stein in der Hand, der mit einem Umschlag umwickelt war.

Alle waren aufgesprungen und umdrängten nun den Baron.

„Geben Sie her!" Klicker löste die Schnur, die den Umschlag am Stein hielt, und riß das Kuvert auf. Ein Diamantring kullerte auf den Tisch.

„Das ist der Ring, den ich für Knolle verscherbeln sollte!" stieß Blacky aufgeregt hervor. „Ich erkenne ihn sofort wieder!"

Der Kommissar zog den gefalteten Briefbogen heraus und glättete ihn. Sein Gesicht verdunkelte sich, als er die wenigen Zeilen las.

„Nun, was steht drin, Kommissar?"

Klicker räusperte sich. „Eine verdammt schlechte Nachricht. Knolle und seine Komplizen machen wirklich Ärger."

„Machen Sie es nicht so spannend", rief Fassaden-Carlo. „Was kann uns dieser Wichtigtuer schon anhaben."

„Eine ganze Menge mehr, als wir alle bisher vermutet haben", antwortete der Kommissar bedrückt. „Macht euch auf das Schlimmste gefaßt." Und in die angespannte Stille platzte ein Satz, der sie wie ein Schock traf: „Sie haben Tino Tran entführt!"

Der Beinahe-Unfall

Als Tino Tran das *Park-Hotel* zwei Stunden zuvor verlassen hatte, wurde er von Knolle und seinen Komplizen verfolgt. Tino Tran merkte nichts davon. Er war viel zu sehr damit beschäftigt, seine Einkäufe zu tätigen. Nachdem er seine Besorgungen gemacht hatte, stöberte er noch eine gute halbe Stunde in einem Bücher-Antiquariat – mit Erfolg.

Unter einem Stapel alter Zeitschriften von 1952 entdeckte er einen dicken, staubbedeckten Wälzer. Er pustete den Staub vom Deckel – und seine Augen hinter der runden Nickelbrille glänzten, als er sah, welchen Fund er gemacht hatte.

„*Das Goldene Jahrhundert der Falschmünzer!*" las er begeistert.

Seit Jahren suchte er dieses Buch.

Tino Trans Interesse am Handwerk der Blütenherstellung war beruflicher Art. Bevor er sich am Kauf des Hotels beteiligt und die Buchführung übernommen hatte, war er Fälscher gewesen – mehr als das sogar. Ein wahrer Meister seines Fachs, ein echter Künstler. Seine Blüten waren von den Geldnoten der Bundesbank kaum zu unterscheiden. Manchmal schmerzte es ihn, daß er seinem Handwerk nicht mehr nachgehen und Falschgeld herstellen konnte.

Tino Tran sah eigentlich nicht wie ein zeichnerisches Genie aus, sondern machte auf den ersten Blick mehr den Eindruck eines einfallslosen Buchhalters, der stets erschreckend kränklich wirkte, obwohl er kerngesund war. Seine hagere Gestalt, seine blasse Gesichtsfarbe, die Nickelbrille mit den runden Gläsern und die stark hervortretenden Zähne gaben ihm ein absonderliches Aussehen, das ihm den Spitznamen Tino das Pferd eingetragen hatte.

Nachdem er nun dieses seltene Buch entdeckt und gekauft hatte, konnte er gar nicht schnell genug ins Hotel zurückkommen, um sich der spannenden Lektüre zu widmen. Zuerst jedoch mußte er seine Vespa vor dem Geschäft antreten. Der altersschwache Motorroller hatte so seine Mucken, und Tino kam gehörig ins Schwitzen, bis er endlich stotternd ansprang. Es klang, als hätte der Motor rostigen Keuchhusten, doch Tino hatte sich an dieses Geräusch schon längst gewöhnt. Er schwang sich auf den Sitz und gab Gas.

Den hohen Kastenwagen, der ihm mit einigem Abstand folgte, entdeckte er nicht.

Tino Tran bog von der Hauptstraße ab, um eine Abkürzung zum *Park-Hotel* zu nehmen. Er fuhr mit seinem knatternden und dunkle Auspuffwolken hinterlassenden Motorroller eine schmale Straße hinunter, die zu beiden Seiten fensterlose Lagerhausfassaden säumten.

Er ahnte noch immer nichts von der drohenden Gefahr, als hinter ihm auf einmal ein Wagenmotor aufheulte. Der Kleinlaster überholte ihn im nächsten Moment, bog vor ihm scharf nach rechts und bremste jäh. Er stand nun quer auf der Straße und blockierte sie.

„Hirnlose Affen!“ fluchte Tino Tran, abrupt aus seinen Gedanken gerissen. Er mußte nun auch voll bremsen, um nicht in die Seite des Lasters zu rasen. Die Reifen quietschten, und beinahe verlor er die Kontrolle über die Vespa. Und wenn er sich nicht mit dem rechten Fuß auf dem Asphalt abgestützt hätte, wäre er gestürzt.

Die hinteren Ladetüren des Transporters wurden aufgestoßen.

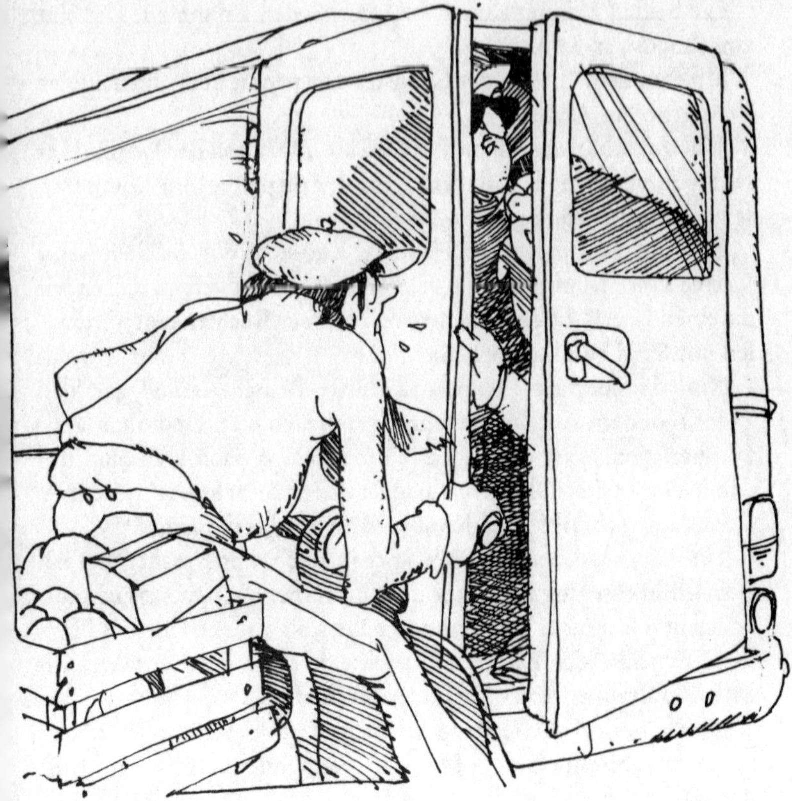

„Hirnlose Affen!“ fluchte Tino, als die Ladetüren des Lasters plötzlich aufgestoßen wurden und er voll bremsen mußte

Zwei Männer mit dunklen Sonnenbrillen sprangen aus dem Innern auf die Straße.

„Eine bodenlose Unverschämtheit ist das!“ rief Tino erbost. Der Motor der Vespa war abgesoffen, und es würde ihn wieder eine Menge Schweiß kosten, ihn anzutreten – und das bei dieser Affenhitze. „Euer Fahrer hat den Führerschein wohl in der Lotterie gewonnen, was?“

Die beiden Männer kamen von zwei Seiten auf ihn zu. Der eine von ihnen war Knolle.

„Mitkommen!“ befahl der Gangster und packte den schmächtigen Tino grob am Arm.

Wütend schüttelte Tino die Hand ab. „Was soll der Unsinn! Ihr seid wohl nicht mehr ganz frisch auf der Birne, he? Ihr könnt froh sein, wenn ich euch nicht anzeige!“

„Hör auf zu quatschen!“ fauchte Knolle. „Wir machen keine Witze, Tino. Komm mit, sag ich! Wenn du dich wehrst, ziehen wir dir einen über!“ Drohend schwang er in der Rechten einen schmalen mit Sand gefüllten Schlauch.

Nun dämmerte es Tino, daß dieser Beinahe-Unfall gar kein Zufall, sondern eiskalte Berechnung gewesen war. Und ohne lange zu überlegen, warf er den Lenker der Vespa nach links und traf damit den breitschultrigen Burschen, der vor Schmerz aufschrie.

„Paß auf, Johnny!“ rief Knolle. „Der Kerl will türmen!“

Tino Tran wollte an Knolle vorbei, doch dieser stellte ihm ein Bein – und er schlug der Länge nach hin. Aber noch gab er nicht auf. So leicht würde er es ihnen nicht machen, so wahr er Tino das Pferd hieß! Er rollte sich herum und packte den Fuß des Ganoven. Mit einem kraftvollen Ruck drehte er ihn herum.

Knolle verlor das Gleichgewicht und stolperte, vor Wut und Schmerz aufschreiend. „Johnny, verdammt ...! ... Hilf mir doch!“

Bevor Tino sich aufrappeln konnte, erhielt er einen derben Schlag ins Kreuz. Im nächsten Augenblick packten ihn vier kräftige Hände, zerrten ihn hoch und schleppten ihn zurück zum Kastenwagen. Verzweifelt schlug und trat Tino um sich, doch gegen die beiden Gangster vermochte er wenig auszurichten. Sie waren jetzt auf der Hut. Außerdem hatte körperliche Kraft noch nie zu Tinos Stärken gezählt.

„Loslassen!“ brüllte Tino und ruderte mit den Armen wild durch die Luft. Dabei fegte er seine Brille von der Nase. Sie fiel auf das Straßenpflaster, und das rechte Glas zersplitterte. Ohne Brille war er so gut wie blind. Vor seinen Augen verschwamm alles. „Meine Brille! . . . Ich brauche meine Brille!“

„Zum Teufel, wollt ihr, daß der Bursche halb Steinenbrück zusammenbrüllt?“ rief eine grollende, ärgerliche Stimme aus dem Fahrerhaus. „Stopft ihm das Maul, wenn er nicht freiwillig ruhig ist!“

„Du hast gehört, was der Boß gesagt hat!“ zischte Knolle. „Halt endlich die Schnauze. Du hast nicht den Schimmer einer Chance, uns zu entkommen.“

„Meine Brille!“

„Zum Teufel mit deiner Brille!“ fluchte Knolle.

„Wir sollten mit dem Handtuch einfach kurzen Prozeß machen“, knurrte Johnny unwillig.

„Es geht auch ohne“, wehrte Knolle ab. „Los, rein mit ihm in den Laderaum. Du holst die Brille, ich kümmere mich indessen schon um ihn.“

Die beiden Männer beförderten Tino reichlich unsanft in den geschlossenen Laderaum des Kleinlasters. Aber schlimmer noch als die rohe Behandlung war der Duft, der Tino in die Nase stieg – Blumenduft!

„Nein! . . . Nicht das!“ stöhnte Tino, während Johnny und Knolle hastig zu ihm in das Innere des Wagens sprangen und die Türen verriegelten. „Blumen! . . . In diesem Wagen liegen irgendwo Blumen!“

„Abfahren, Boß!“ rief Knolle, und der Wagen setzte sich ruckartig in Bewegung.

„Laßt mich hier raus! . . . Ich kann . . . haaatschiii . . . kann Blumenduft ... haaatschiii ... nicht ... haaatschiii ... vertragen", stieß Tino, von Niesern ständig unterbrochen, hervor. „Ich bin ... haaatschiii ... gegen ... haaatschiii ... Blumenduft ... haaatschiii ... allergisch!"

„Da hast du Pech gehabt, Tino", antwortete Knolle schadenfroh. „Wenn ich das gewußt hätte, hätte ich vielleicht einen anderen Wagen geklaut! ... Immerhin haben wir deine Brille gerettet. Hier, nimm sie."

Tino war völlig erledigt. An Gegenwehr dachte er längst nicht mehr. Dieser intensive Blumenduft beraubte ihn jeglicher Kräfte. Der Juckreiz in der Nase nahm seine ganze Aufmerksamkeit in Anspruch. Niesend setzte er die Brille wieder auf. Durch das rechte Glas sah er überhaupt nichts. Unzählige feine Risse bildeten ein Spinnennetz im Glas.

„Was ... haaatschiii ... hat das alles ... haaatschiii ... zu bedeuten?" fragte er schließlich.

„Das ist eine Entführung", erklärte Knolle grinsend.

„Entführung?" Tino schüttelte den Kopf. „Das muß ... haaatschiii ... ein Irrtum ... haaatschiii ... sein."

„Ganz und gar nicht", knurrte Johnny. „Wenn deine Freunde tun, was wir von ihnen verlangen, hast du nichts zu befürchten. Falls aber nicht ..." Er ließ den Satz unbeendet und zuckte nur mit den Achseln – und das sagte mehr als alle Worte.

„Das wird ... haaatschiii ... Folgen haben!"

„Sicherlich wird es das", bestätigte Knolle grinsend. „Das ist ja der Sinn der Sache. Johnny, gib mal die Kamera her!"

Johnny reichte seinem Komplizen eine Sofortbildkamera mit einer aufgesetzten Blitzlichtleiste.

„Wir machen jetzt ein hübsches Erinnerungsfoto für deine Freunde." Knolle hob die Kamera ans Auge. „Bitte recht freundlich!"

Tino starrte, das rechte Auge zugekniffen, verdutzt in die Kamera und begriff nicht, was das sollte. Und im selben Augenblick drückte Knolle auf den Auslöser. Der grelle Blitz blendete

Tino und löste zusammen mit dem schrecklich intensiven Blumenduft eine wahre Nieskanonade aus.

„Okay, das wär's."

Knolle überzeugte sich, daß das Bild auch etwas geworden war. Dann fesselten sie Tino die Hände auf den Rücken, legten ihm Fußfesseln an und verpaßten ihm einen lockeren Knebel. Zusätzlich banden sie ihm noch ein schwarzes Tuch vor die Augen.

„Damit kommt ihr ... haaatschiii ... niemals durch!" drang es kaum verständlich aus Tinos Mund.

„Warten wir es ab, Pferdegebiß", antwortete Johnny gelassen.

Innerlich kochte Tino vor Wut und Zorn. Es war eine ungeheure Frechheit, ihn einfach zu entführen. Aber noch mehr wurmte es ihn, daß seine Vespa und das herrliche Buch jetzt im Rinnstein lagen. Und er machte sich mehr Gedanken über das Buch als um sein eigenes Schicksal.

Er wollte und konnte einfach nicht glauben, daß diese Gangster es ernst meinten. Da mußte ein Mißverständnis vorliegen. Bestimmt würde sich das schnell aufklären. Aber den Verlust des Buches und die Tatsache, daß sie ihn in einen Blumenwagen verfrachtet hatten, würde er ihnen niemals verzeihen können. Glücklicherweise wirkte das breite Tuch, das sowohl Augen als auch Mund und Nase bedeckte, wie ein Filter, so daß die Reizung nun nicht mehr ganz so schlimm war.

Tino hörte, wie sich die beiden Gangster leise miteinander unterhielten. Das laute Dröhnen des Motors machte ihre Unterhaltung aber unverständlich.

Er vermochte nicht zu sagen, wie lange sie gefahren waren, als der Wagen plötzlich mit knirschenden Reifen über einen Kiesweg fuhr, schließlich bremste und zum Stehen kam.

„Endstation, Tino!" rief Knolle, und seiner Stimme war zu entnehmen, daß er bester Laune war. Kein Wunder, die Entführung hatte reibungslos geklappt.

„Noch könnt ihr es euch überlegen", versuchte Tino ihnen ins Gewissen zu reden. „Laßt mich frei, und ich werde von jeglicher

Maßnahme absehen. Noch habt ihr die Chance. Ich bin kein Unmensch. Jeder kann mal einen Fehler machen...“

Johnny lachte. „Ich wußte gar nicht, daß der Kerl auch noch Komiker ist.“

Eine dritte Stimme, die einen singenden Klang hatte, mischte sich nun ein. „Schafft ihn hinunter, Freunde. Und bewegt euch ein bißchen, verstanden?“ Die Stimme war energisch und befehlsgewohnt.

„Machen wir, Sweety!“ antwortete Knolle rasch.

„Na komm schon, Komiker!“ drängte Johnny und zog Tino von der Ladefläche, nachdem er die Fußfesseln gelöst hatte.

Tino machte ein paar unsichere Schritte. Es war ein unangenehmes Gefühl, nichts zu sehen und dann vorwärts gehen zu müssen. Er hörte, wie eine Tür geöffnet wurde. Sie betraten ein Haus. Eine zweite Tür knarrte, und muffiger Geruch schlug Tino entgegen.

„Aufpassen!... Die Stufen führen abwärts!“ warnte Knolle ihn, doch die Warnung kam eine Sekunde zu spät.

Tino hatte einen Augenblick das schreckliche Gefühl, als würde sich der Boden unter ihm öffnen und er in einen gähnenden Abgrund stürzen. Dann aber spürte er die erste Stufe. Dennoch wäre er beinahe gestürzt. Mit einem schadenfrohen Lachen riß Knolle ihn zurück.

„Das werde ich dir nicht vergessen“, versprach Tino wutentbrannt.

„Spar dir deine Sprüche, Pferdegebiß!“

Tino zählte die Stufen. Es waren siebenundzwanzig. Ein ekelerregender Modergeruch drang ihm in die Nase, als er den unteren Treppenabsatz erreichte. Er hörte, wie Knolle einen schweren Riegel zurückschob und eine Tür öffnete.

Der Gangster führte ihn in den hinter der Tür liegenden Raum und löste die Handfesseln. Tino hörte, wie Knolle etwas zu Boden warf.

„Hier sind Streichhölzer und ein paar Kerzen. Geh damit sparsam um“, sagte Knolle. „Du wirst damit eine Zeitlang auskommen müssen. Und wenn du dir die Lunge aus dem Leib schreien willst – nur zu. Tu dir keinen Zwang an. Die Mauern sind dick. Niemand wird sich gestört fühlen."

„Warte!... Was habt ihr mit mir vor?" wollte Tino wissen und riß sich das schwarze Tuch von den Augen.

Im gleichen Moment fiel die schwere Bohlentür zu, der Riegel glitt mit einem rostigen Knirschen in die Halterung, und Knolles Schritte entfernten sich.

Tino hatte das Gefühl, in einem Meer schwarzer Tinte zu stehen, so stockfinster war es. Nicht der geringste Lichtschimmer drang in diesen Kellerraum.

Und erst jetzt wurde ihm die Bedeutung und Tragweite seiner Situation voll bewußt. Nichts war ein Irrtum. Die Entführung galt wirklich ihm. Er hatte es mit Gangstern zu tun, die wußten, was sie wollten. Und zum erstenmal, seit die beiden Männer ihn von seiner Vespa gezerrt hatten, stieg Angst in ihm auf. Er war den skrupellosen Gangstern wehrlos ausgeliefert...

Der Erpresserbrief

In dem privaten Hinterzimmer des *Park-Hotels* herrschte ein fassungsloses und zugleich ungläubiges Schweigen. Alle starrten den Kommissar an, als hätte er sich einen reichlich geschmacklosen Witz geleistet.

Schließlich brach Blacky das Schweigen. „Tino soll entführt worden sein? Das kann ich beim besten Willen nicht glauben. Knolle versucht, uns mit einem billigen Trick reinzulegen!"

„Ich wünschte wirklich, es wäre so, wie Sie sagen, Blacky", erwiderte Klicker niedergeschlagen. „Aber leider ist der Brief ganz und gar kein billiger Trick. Die Entführer haben einen Beweis für die Richtigkeit ihrer Behauptung beigelegt."

„Was für einen Beweis?" fragte Carlo heftig.

„Kommissar, was steht in dem Brief?" fragte Adi

Der Kommissar reichte Adi das Sofortbild, das die Gangster im Wagen von Tino Tran gemacht hatten. „Ich glaube, das Foto läßt wirklich keinen Zweifel."

Adi nahm das Bild und wurde bleich. Sein Gesicht verhärtete sich. Ein kaltes Funkeln trat in seine Augen. „Diese Schweine!" stieß er mit rauher Stimme hervor. „Sie haben es tatsächlich gewagt. Himmel, wenn mir diese Kerle zwischen die Finger kommen."

Das Foto, das Tino mit verbogener Brille zeigte, machte die Runde.

Am tiefsten betroffen war Blacky. Er machte sich nun bittere Selbstvorwürfe. „Mein Gott, wenn ich das geahnt hätte", murmelte er. „Ich bin schuld, daß es so gekommen ist. Wenn ich Knolle gestern nicht so hart rangenommen hätte ..."

„... hätte das garantiert nichts an der Sache geändert", fiel ihm Adi scharf ins Wort. „Knolle und seine Komplizen sitzen vermutlich dick in der Tinte. Sie brauchen dringend Geld, um sich ins Ausland absetzen zu können. Sie hätten uns so oder so gezwungen, mit ihnen das schmutzige Geschäft zu machen."

„Und dennoch", sagte Blacky.

„Du hast keinen Grund, dir etwas vorzuwerfen", beruhigte ihn der Baron.

„Richtig", stimmte Carlo ihm zu.

„Außerdem hilft uns jammern auch nicht weiter. Kommissar, was steht in dem Brief?" fragte Adi.

Kommissar Klicker schnaubte wütend und las dann vor:

Liebe Freunde,
manche Menschen muß man bekanntlich ja zu ihrem Glück zwingen. Wie Ihr dem beigelegten Bildchen entnehmen könnt, erfreut Tino sich unserer Gastfreundschaft. Wie lange dieser Aufenthalt dauern wird, hängt ganz von Euch und Eurem Verhalten ab. Als Entgelt für den Urlaub, den wir Tino bieten, ist eine erste Rate von DM 5000 fällig... in kleinen, gebrauchten Scheinen und nicht durchgehend numeriert. Der Diamantring dürfte diese Summe sicherlich decken. Ich finde, das ist ein guter Geschäftsbeginn. Haltet das Geld sowie einen Wagen ohne Verdeck bis heute abend spätestens acht Uhr bereit – dann erhaltet Ihr weitere Instruktionen. Wenn ich mich mit „Teigspritze" melde, antwortet Ihr mit dem Codewort „Mona Lisa"! Und noch etwas: Falls Euch an Tinos Gesundheit gelegen ist, solltet Ihr die Bullen aus dem Spiel lassen. Wir haben nichts zu verlieren, vergeßt das nicht, werte Freunde. Wenn Ihr Euch strikt an unsere Anweisungen haltet, wird ihm nichts passieren, und Ihr macht sogar ein gutes Geschäft. Ihr werdet es nicht bereuen. Solltet Ihr jedoch irgendwelche faulen Tricks versuchen, habt Ihr Euch die Konsequenzen selbst zuzuschreiben. Wir spaßen nicht!

3 8151-6

Kaum hatte Kommissar Klicker den Text des Erpresserbriefes verlesen, als lautes Stimmengewirr einsetzte. Jeder machte seiner Empörung und ohnmächtigen Wut Luft.

„Wenn einer etwas bereuen wird, dann wird das Knolle sein!" schwor Blacky und ballte drohend die rechte Hand zur Faust.

„Von wegen Gastfreundschaft!" stieß Carlo erregt hervor. „Das ist ja der Gipfel der Unverschämtheit!"

„Allein der Tonfall dieses Briefes verlangt ein gerütteltes Maß Vergeltung, verdammt noch mal!" fluchte der Baron, der sich sonst niemals gehen ließ. „Mich als ‚werten Freund' zu titulieren, betrachte ich als persönliche Beleidigung, für die jener Herr zur Rechenschaft gezogen werden muß. Meine Freunde, das können wir nicht auf uns sitzenlassen. Unsere Ehre steht auf dem Spiel!"

„Quatsch nicht so geschwollen", knurrte Carlo unwillig. „Nicht unsere Ehre, sondern Tinos Leben steht auf dem Spiel. Wir müssen beraten, was zu tun ist."

„Richtig, beginnen wir damit, denn viel Zeit bleibt uns nicht mehr", sagte Adi zustimmend. „Bis acht müssen wir das Geld zusammen und uns eine Taktik zurechtgelegt haben."

Der Kommissar räusperte sich. „Ich denke, wir sollten besser gemeinsam . . ."

Adi der Trickser ließ ihn nicht ausreden, was sonst gar nicht seine Art war. „Eines möchte ich gleich von Anfang an klarstellen", sagte er ruhig, aber sehr bestimmt. „Die Polizei bleibt wie verlangt aus dem Spiel!"

„Du sagst es!" unterstützte ihn Blacky, und auch die anderen nickten bekräftigend.

„Damit habe ich insgeheim schon gerechnet", sagte Klicker betrübt. „Ich weiß jedoch nicht, ob ihr damit klug beraten seid."

„Sie meinen es nur gut", erwiderte Adi, „aber ich spreche wohl im Namen meiner Freunde, wenn ich Sie bitte, Ihre Kollegen und Ihre Dienststelle nicht zu informieren."

Zustimmendes Gemurmel folgte seinen Worten.

Klicker zog die Augenbrauen hoch. „Bedeutet das etwa, daß

auch ich mich aus der Sache herauszuhalten habe?“

Adi überlegte einen Augenblick. „In erster Linie geht es uns darum, Tino gesund und munter aus der Gewalt dieser skrupellosen Gangster zu befreien. Und ich glaube, daß wir das alleine am besten können. Was Sie betrifft, Kommissar, so betrachten wir Sie in erster Linie nicht als Polizist . . . wenn Sie verstehen, was ich meine.“

Nagel lächelte erleichtert. „Das heißt also, ich bin mit von der Partie?“

Adi nickte. „Vorausgesetzt, Sie lassen sich etwas einfallen, damit man Sie nicht als Kommissar Nagel wiedererkennt. Aber das dürfte ja kein allzu großes Problem sein.“

„Einverstanden“, sagte der Kommissar. „Kommen wir also zu den praktischen Dingen. Blacky, was ist dieser Ring wert?“

„Einen Augenblick.“ Blacky verließ den Raum und kehrte mit einer Augenlupe zurück. Er begutachtete das Schmuckstück. „Ich würde sagen, daß der Eigentümer im Geschäft dafür runde fünfzehn Riesen hingeblättert hat. Auf dem Hehlermarkt ist das Stück gut und gern seine siebentausend wert.“

„Wir können es aber nicht unter der Hand verscherbeln“, wandte Adi ein. „Die fünftausend werden wir wohl vorerst mal aus eigener Tasche zahlen müssen.“

„Das glaube ich nicht“, widersprach Klicker. „Ich nehme an, daß der rechtmäßige Eigentümer versichert ist. In dem Fall wird sich die Versicherung liebend gern dazu bereit erklären, die fünftausend zu bezahlen. Das ist für sie immer noch besser, als dem Eigentümer die gesamten fünfzehntausend zu bezahlen. Wegen des Geldes brauchen Sie sich keine Sorgen zu machen.“

„Das ist beruhigend zu wissen“, meinte der Baron. „Denn so wie ich den Erpresserbrief verstanden habe, ist dieser Diamantring erst der Beginn. Und unsere finanziellen Rücklagen wären ohne Unterstützung sehr schnell erschöpft.“

„Das mit der Versicherung werde ich klären“, versicherte der Kommissar.

„Gut, das ist klar“, stellte Adi fest. „Und nun zu dem offenen

Wagen. Wir werden einen mieten. Baron, am besten übernimmst du das."

„Möchte nur wissen, weshalb die Erpresser auf einem offenen Wagen bestehen", meinte Carlo nachdenklich.

„Es wird etwas mit der Übergabe des Geldes zu tun haben", meinte Blacky. „Die Gangster haben sich garantiert irgendeinen miesen Trick einfallen lassen."

„Möglich, aber das werden wir noch früh genug erfahren ... das heißt, spät genug vermutlich", korrigierte Adi sich.

„Wir müssen das Versteck der Gangster ausfindig machen", sagte Kommissar Klicker mehr zu sich selbst. „Ich werde überlegen, welche Methode in diesem Fall die erfolgversprechendste ist ..."

„An die Arbeit, Freunde!" sagte Adi energisch. „Besorgen wir die fünftausend Mark ... in kleinen, gebrauchten Scheinen und nicht durchgehend numeriert. Wir dürfen kein Risiko eingehen. Tinos Leben ist wichtiger als alles andere!"

Lösegeld und Aschenregen

Auf dem Tisch lagen zehn Geldbündel zu je fünfhundert Mark, die erste Rate des Lösegeldes. Adi und seine Freunde hatten sich strikt an die Anweisungen der Erpresser gehalten.

„Viertausendachthundert ... achthundertfünfzig ... neunhundert ... neunhundertfünfzig ... fünftausend! ... So, das wär's", sagte Adi, der das Geld noch einmal durchgezählt hatte. Er nahm einen Gummiring und schob ihn über das Bündel aus Fünfern, Zehnern und Fünfzigern.

Nervös kaute Kommissar Klicker auf einer kalten Zigarre. Er hatte während der vergangenen Stunden Kontakt mit der Versicherung aufgenommen und sich deren finanzielle Unterstützung gesichert. Auch hatte er sich alle Informationen, die über Knolle in Polizeiakten gesammelt waren, auf abgesicherten Umwegen kommen lassen. Das Studium der Akten hatte ihn jedoch keinen Schritt weitergebracht. Und das beunruhigte ihn ebenso wie die Tatsache, daß er sein Versprechen gegeben hatte, seine Behörde nicht einzuschalten. Immerhin stand hier ein Menschenleben auf dem Spiel...

„Von mir aus kann es losgehen", meinte Adi.

Blacky wandte sich Carlo zu, der neben der Tür an der Wand lehnte. „Bist du sicher, daß wir über diesen Apparat hier", er deutete auf das Telefon auf dem Tisch, „Knolles Anruf erhalten werden?"

Carlo nickte. „Ich habe die Telefonleitungen so geschaltet, daß alle Gespräche über dieses Gerät kommen."

„Und wie steht es mit dem Wagen?" fragte Adi.

„Steht im Hinterhof startbereit. Selbstverständlich vollgetankt", antwortete der Baron ruhig.

„Jetzt heißt es nur noch warten", brummte Blacky.

Die Tür ging auf – und Bodo kam herein. Er hatte seine schweren Boxhandschuhe an, als wollte er gleich in den Ring steigen. „So, ich bin auch bereit!" verkündete er.

Klicker runzelte die Stirn. „Was willst du denn mit den Boxhandschuhen?"

Bodo der Bomber schlug ein paar schnelle Finten in die Luft und knockte seinen unsichtbaren Gegner mit einer blitzartigen Kombination aus Geraden und Haken aus. „Tino ist mein Freund, und wer Tino entführt, bekommt es mit mir zu tun. Das ist doch ganz klar, oder?! Ich werde es ihnen zeigen!... Erst lasse ich sie herankommen, schwache Deckung, wißt ihr... gebe mir ein paar Blößen, so... und so... aber dann kontere ich..."

Adi fiel ihm in den Arm, als er wieder mit dem Schattenboxen begann. „Das wirst du besser nicht tun", sagte er und konnte sich trotz der kritischen Situation eines Lächelns nicht erwehren. „Knolle und seine Komplizen würden dafür wenig Verständnis haben. Damit würdest du Tino nur schaden. Zieh die Boxhandschuhe wieder aus."

„Aber irgendwie müssen wir Tino doch befreien", beharrte Bodo.

„Richtig, aber zuerst müssen wir mal herausfinden, wo sie ihn versteckt halten", erklärte Klicker. „Dafür sind deine Boxhandschuhe aber nicht gerade das geeignete Mittel."

„Schade", murmelte Bodo.

Das Telefon schrillte.

„Punkt acht!" Blacky warf einen Blick auf die Uhr.

„Die Erpresser!" rief Carlo.

„Nehmen Sie ab!" forderte Kommissar Nagel Adi auf.

„Vergiß das Code-Wort nicht!" raunte der Baron.

Adi nickte und nahm den Hörer ab. „Ja?" fragte er gedehnt.

„Unternehmen Teigspritze!" meldete sich Knolle.

„Mona Lisa", antwortete Adi.

„Sehr gut", lobte Knolle zufrieden. „Ich sehe, wir haben uns verstanden. Hör gut zu, was ihr zu machen habt..."

„Zuerst will ich wissen, wie es Tino geht. Ich möchte einen Beweis, daß mit ihm alles in Ordnung ist. Ich will mit ihm sprechen!" verlangte Adi.

„Einen Dreck kannst du verlangen!" erwiderte Knolle scharf. „Morgen hört ihr von Tino, heute jedoch nicht. Da, wo Tino steckt, gibt es kein Telefon. Aber es geht ihm blendend."

„Das kann gelogen sein!"

„Red keinen Stuß, Mann. Wir wollen Geld und nicht wegen Mordes in der ganzen Welt gesucht werden!"

Das klang einleuchtend. „Gut, morgen also."

„Ihr fahrt sofort mit dem Geld, das ihr in eine Plastiktüte tut, los... und zwar zur Bahnhofsgaststätte *Der letzte Zug*. Haltet euch in der Nähe des Telefons auf. Ihr erhaltet dort weitere Anweisungen!"

„Ja, aber..."

Knolle unterbrach ihn. „Man wird einen von euch ans Telefon rufen. Und zwar in genau zehn Minuten!... Die Zeit läuft!" Er hängte ein.

Adi warf den Hörer auf. „Die Kerle machen es kompliziert!" sprudelte er hervor. „Wir müssen los. Zur Bahnhofsgaststätte. Das

Geld in eine Plastiktüte! Kommissar, Sie folgen mir mit Bodo im Tarnwagen! Blacky, Carlo und ich nehmen den offenen Wagen. Der Baron hält hier die Stellung! Und jetzt Beeilung!"

Kommissar Nagel klebte sich hastig einen falschen grauen Bart unter die Nase und setzte eine graumelierte Perücke auf, so daß er dem Baron jetzt von weitem gesehen ähnlich sah.

Sie rannten in den Hinterhof. Dort stand ein chromglitzernder amerikanischer Straßenkreuzer mit offenem Verdeck und roten Polstern – ein wahrer Dampfer auf Rädern. Der Anblick verschlug den Männern einen Augenblick die Sprache.

„Typisch Baron", bemerkte Blacky kopfschüttelnd. „Immer nur das Beste vom Feinsten!"

„Auffälliger ging es wohl wirklich nicht mehr", meinte Carlo.

„Jetzt ist keine Zeit für lange Reden!" rief Adi und klemmte sich hinter das Steuer. Carlo und Blacky stiegen zu ihm ins Coupé, während der Kommissar und Bodo zu einem dunkelblauen, unauffälligen Ford hinüberrannten.

Genau neun Minuten nach dem Anruf hielt Adi mit quietschenden Reifen vor der Bahnhofsgaststätte. „Blacky, du bleibst mit dem Geld im Wagen. Laß den Motor laufen. Carlo, du kommst mit mir!"

Adi und der Fassadenkletterer sprangen aus dem Chrom-Schlitten und rannten in die Kneipe. Sie hatten Mühe, ihre Erregung zu unterdrücken, als sie an die Theke traten. Sie bestellten zwei Bier. Im gleichen Augenblick klingelte das Telefon. Der dicke Wirt nahm ab. „Wen wollen Sie sprechen? ... Sind Sie sicher? Nun gut." Er drehte sich um und rief in den Raum: „Telefon für Mona Lisa! ... Da erlaubt sich jemand wohl einen dummen Scherz."

„Dieser Mistkerl!" murmelte Adi und sagte laut: „Das ist für mich! ... Geben Sie her!"

„Sind Sie sicher, daß Sie Mona Lisa heißen?" fragte der Wirt mit einem merkwürdigen Blick.

„Absolut sicher!"

„Ein reichlich merkwürdiger Name für einen Mann." Der Dicke

schüttelte mißtrauisch den Kopf. „Ich sag's ja schon immer, die Welt ist nicht mehr das, was sie früher einmal war... Mona Lisa!... Himmelherrgott, da kann ich mich auch gleich Marylin Monroe nennen!"

Adi riß ihm den Hörer aus der Hand. „Ja?"

„Hier Teigspritze." Knolle lachte gemein. „Die Menschen haben zu viele Vorurteile, nicht wahr...?"

„Wenn du noch einmal...", setzte Adi an.

„Mund halten!" fiel ihm der Gangster ins Wort. „Geht auf die Toilette. Unter dem ersten Wasserbehälter klebt ein Schlüssel. Damit könnt ihr das entsprechende Schließfach in der Bahnhofshalle öffnen. Im Schließfach findet ihr alles Weitere, was ihr wissen müßt." Damit hängte er ein.

Adi legte ein Fünfmarkstück für die beiden Biere auf die Theke (für die sie jetzt keine Zeit mehr hatten) und lief zur Toilette.

Der Wirt blickte ihm kopfschüttelnd nach. „Das wird ja immer merkwürdiger. Erst nennt er sich Mona Lisa, und auf einmal kann er es nicht länger halten. Eine verrückte Welt!"

Adi fand den Schlüssel und nahm ihn an sich. Zusammen mit Carlo eilte er nun in die Bahnhofshalle zur Wand mit den Schließfächern.

„Hier ist es... Nummer 56!" rief Carlo.

Adi steckte den Schlüssel ins Schloß und drehte ihn herum. Im Fach lagen ein kleiner schwarzer, taschenbuchgroßer Gegenstand und ein Brief. Der schwarze Gegenstand erwies sich bei näherem Hinsehen als Walkie-Talkie, ein Sprechfunkgerät.

„Was steht in dem Brief?"

Adi riß den Umschlag auf und las:

Hallo Mona Lisa,

nehmt das Sprechfunkgerät und zieht die Antenne aus. Geht zurück zum Wagen und schaltet das Gerät auf Empfang. Bleibt immer auf Empfang, ich wiederhole: immer! Dann fahrt über die Autobahn in Richtung Köln. Dabei bleibt auf der rechten Spur und fahrt nicht schneller als 60 km/h. Haltet die Tüte mit dem Geld bereit. Und keine Mätzchen!

Carlo machte ein verdrießliches Gesicht. „Ein Sprechfunkgerät. Das wird ja immer spannender!"

Adi zuckte mit den Achseln. „Wir haben es nun mal nicht mit blutigen Anfängern zu tun. Sie werden es uns verdammt schwer machen, ihren Schlupfwinkel zu finden. Nur gut, daß auch wir mit Walkie-Talkies ausgerüstet sind. Carlo, sag Kommissar Klicker Bescheid, was in dem Brief steht!"

Als Adi wieder hinter dem Steuer des amerikanischen Straßenkreuzers Platz genommen hatte, informierte Carlo den Kommissar zuerst einmal über Sprechfunk von den neuen Anweisungen der Erpresser.

„Verstanden", kam Klickers Stimme aus dem kleinen Lautsprecher. „Ich werde jetzt mein Funkgerät auf die Frequenz der Erpresser einstellen, so daß ich laufend informiert bin. Ende."

„Verstanden und Ende", bestätigte Carlo und schaltete nun das Gerät der Erpresser ein. „Mona Lisa! ... Hier Mona Lisa! Teiggesicht ... äh, Teigspritze", verbesserte er sich hastig, „melde dich! ... Bestätige Empfang!"

„Hier Teig*spritze*!" meldete sich der Gangster mit deutlich verärgerter Stimme. „Wenn du noch einmal Teig*gesicht* sagst, kannst du Tino abschreiben – und zwar für immer, ist das klar?!"

„Klar", sagte Carlo zerknirscht und zuckte entschuldigend mit den Achseln, als Adi ihn anblickte.

„Begebt euch auf die Autobahn und folgt den Anweisungen!" sagte Knolle. „Bleibt auf Empfang! ... Ich melde mich wieder."

„Na dann", murmelte Adi und gab Gas. Er achtete darauf, daß der Tacho konstant 60 km/h anzeigte, auch wenn er deshalb von anderen Autofahrern mit Lichthupe bedrängt wurde. Die Dunkelheit legte sich über die Landschaft.

Zehn Minuten vergingen, und nichts geschah.

Fünfzehn Minuten.

„Bald sind wir in Köln", brach Blacky das Schweigen.
„Vielleicht lassen sie uns erst einmal ein paar Kreise fahren, um sicherzugehen, daß wir keine Polizisten im Schlepptau haben", meinte Carlo.
„Teiggesicht wird sich schon melden", sagte Adi.
Kurz darauf knackte es im Lautsprecher des Sprechfunkgerätes. „An Mona Lisa! . . . Mona Lisa, melden!"
„Es geht wieder los", sagte Carlo.
Adi nahm das Walkie-Talkie und drückte nun die Sprechtaste. „Hier Mona Lisa, ich höre."
„Geschwindigkeit drosseln! *Sofort!* Warnblinkanlage einschalten!" befahl Knolle.
„Was soll denn das?" fragte Blacky leise.
Adi tat, was Knolle verlangte. „Befehl ausgeführt!" meldete er mit grimmigem Spott.
„Geld bereithalten!" Die Kommandos kamen jetzt knapp, und Knolles Stimme war die Erregung anzuhören.
„Geld ist bereit!"
„Gleich taucht eine Fußgängerbrücke auf, die über die Autobahn führt. Einen Meter *davor* rechts auf dem Standstreifen anhalten. Ich wiederhole: genau einen Meter vor der Brücke rechts anhalten!"
„Verstanden!" Adi fluchte leise, als das Licht der Scheinwerfer die Brücke erfaßte. Er fuhr mit eingeschalteter Warnblinkanlage auf den Standstreifen, bremste ab und hielt einen Meter vor der Brücke. Eine dunkle, schattenhafte Gestalt beugte sich oben über das Geländer.
„Hängt die Plastiktüte an den Haken, den ich jetzt herunterlasse!" befahl Knolle.
Im nächsten Augenblick tauchte über ihren Köpfen ein großer Haken an einer Angelschnur aus der Dunkelheit auf.
„Ein verdammt fetter Fang, den dieser Mistkerl da macht", sagte Blacky schäumend vor ohnmächtiger Wut und hängte die Tüte an den Haken. „An eine Verfolgung ist nicht zu denken. Das haben sie gerissen gemacht."

„Ein verdammt fetter Fang, den dieser Mistkerl da macht", sagte Blacky und hängte die Tüte an den Haken

Hastig kurbelte Knolle die starke Angelschnur ein.

„Und das hier ist für den Teig und die anderen Grobheiten", meldete sich Knolle noch einmal – und im nächsten Moment ergoß sich ein Aschenregen über sie und staubte sie von oben bis unten ein. Ein leerer Plastikeimer sauste durch die Luft und verfehlte Carlo, der hinten auf der Rückbank saß, nur um Haaresbreite. Gleichzeitig wurde hoch über ihnen ein Motorrad angelassen, röhrte auf und entfernte sich schnell.

Adi, Blacky und Carlo husteten und fluchten. Aschewolken hüllten sie ein. Die feinen Partikel drangen in alle Ritzen. Sie sahen aus wie die Schornsteinfeger, die durch einen stark verschmutzten Kamin gestiegen waren.

Kommissar Klicker und Bodo, die hinter ihnen gehalten hatten, sprangen aus dem Wagen und besahen sich im Schein ihrer Stabtaschenlampen die Bescherung.

„Nehmt es mir nicht übel“, sagte Klicker, „aber ein bißchen ulkig seht ihr schon aus... wie Aschenwesen mit bös funkelnden Augen.“

„Der Teufel soll Knolle holen!“ stieß Blacky erbittert hervor. „Und wenn der es nicht tut, werde ich dafür sorgen!“

„Die Mietfirma wird sich freuen!“ stieß Carlo hervor. „Wir werden Stunden brauchen, um den Wagen wieder einigermaßen sauberzukriegen.“

„Raffiniert gemacht, die ganze Sache“, stellte Adi fest.

„Mir ist das eine Spur zu raffiniert“, knurrte Blacky. „Jetzt steht es eins zu eins. Bleibt nur zu hoffen, daß die nächste Runde wieder an uns geht und gleichzeitig auch die entscheidende ist.“

Der Trick mit dem Heringsfaß

Der nächste Tag war strahlend schön und nicht minder heiß. Für Adi und seine Freunde war er jedoch alles andere als sonnig. Zuerst einmal mußten sie den amerikanischen Straßenkreuzer, der wie aus dem Müll gezogen aussah, säubern. Obwohl sie zu viert mit Bürste, Putztuch und Staubsauger arbeiteten, wollte und wollte der Wagen seinen früheren Glanz nicht wieder zurückgewinnen. Die sengende Hitze machte die Putzaktion nicht gerade zu einem Vergnügen.

Aber das war noch nicht einmal das Schlimmste. Viel deprimierender war es, daß sich die Erpresser seit der Übergabe des Geldes noch nicht wieder gemeldet hatten. Die Freunde stellten die verschiedensten Spekulationen an.

„Vielleicht ist Knolle mit dem Geld einfach auf und davon?“

mutmaßte Carlo.

Adi schüttelte den Kopf. „Gerade dann hätten sich die anderen bei uns gemeldet. Nein, es muß einen anderen Grund haben... wenn ich nur wüßte, welchen."

„Vielleicht haben sie Angst", gab der Baron zu bedenken. „Ihnen ist klargeworden, in was für eine gefährliche Sache sie sich eingelassen haben. Einbruch und Entführung sind zwei Paar verschiedene Schuhe."

„Das glaube ich nicht", brummte Carlo. „Sie haben noch einen Haufen Zeugs, das verscherbelt werden muß. Und sie brauchen das Geld verdammt dringend."

„Vielleicht wollen sie uns auch nur ein bißchen zappeln lassen, damit wir nachher um so gefügiger sind", meinte der Baron und ahnte nicht, daß er mit seiner Vermutung den Nagel auf den Kopf getroffen hatte.

„Egal, was es ist, ich mache mir Sorgen", gestand Kommissar Klicker besorgt. „Dieses Schweigen gefällt mir nicht. Die Zeit verstreicht, und wir haben noch immer keinen Beweis, daß Tino noch..." Erschrocken über das, was er beinahe gesagt hätte, brach er ab.

Einen Augenblick schwiegen alle betroffen. Lebte Tino überhaupt noch? Diese Frage beunruhigte sie von Stunde zu Stunde stärker.

Blacky stürzte plötzlich ins Zimmer. „Unsere ehrenwerten Freunde haben sich noch nicht abgesetzt."

„Woher weißt du das?" fragte Adi schnell.

„Einer von ihnen beschattet unser Hotel!"

„Was macht Sie so sicher?" wollte Klicker wissen.

„Drüben auf der anderen Straßenseite am Park steht ein Kerl, dessen Gesicht mir von früher bekannt ist... allerdings sehr flüchtig", sagte Blacky. „Ich habe ihn mehrmals mit Knolle zusammen gesehen."

„Wer ist es?" fragte Klicker.

„Ich weiß aber nur seinen Spitznamen", sagte Blacky. „Man nennt ihn Johnny Guitar."

„Johnny Guitar?"

„Ja, er trägt ständig häßlich-bunte Krawatten mit aufgedruckten Gitarren à la Hawaii. Das ist sein Tick. Ein scheußlicher Geschmack, wenn ihr mich fragt. Mir ist es ein Rätsel, wie man so etwas tragen kann – und das bei dem Wetter. Sicher jedoch ist, daß er das Hotel nicht aus den Augen läßt!"

„Das müssen wir uns ansehen!" rief Adi.

„Aber Vorsicht, er darf nicht merken, daß wir auf ihn aufmerksam geworden sind!" warnte Klicker.

Sie begaben sich ins erste Stockwerk und blickten vorsichtig durch die Gardine hinüber auf die andere Straßenseite, wo der Westpark begann.

„Dort!... Der Bursche in dem hellen Sommeranzug und der schreiend bunten Krawatte – das ist Johnny Guitar!" Blacky deutete auf einen hageren Mann, der gerade von einer Parkbank aufstand, sich eine Zeitung unter den Arm klemmte und scheinbar ziellos auf und ab schlenderte. Dabei ließ er das Hotel jedoch nicht aus den Augen. Er machte es recht geschickt, doch für Adi und seine Kameraden nicht geschickt genug.

„Irgendwann wird Johnny Guitar die Beschattung unseres Hotels aufgeben oder abgelöst werden und zu seinen Komplizen zurückkehren", sagte Carlo nachdenklich.

„Das wäre unsere Chance", hakte der Kommissar da sofort ein. „Wir dürfen ihn nicht aus den Augen verlieren!"

Blacky machte ein skeptisches Gesicht. „Das wird nicht einfach sein. Soviel ich gehört habe, ist Johnny Guitar ein erstklassiger Schmieresteher und weiß, wie man Verfolger abhängen muß. Er ist sonst nicht gerade ein heller Kopf, aber im Schmierestehen und Fahren eines Fluchtwagens ist er große Spitze. Das Risiko, Tinos Leben aufs Spiel zu setzen, ist sehr hoch, wenn wir ihn verfolgen."

Der Kommissar überlegte einen Augenblick. „Es ist ja nicht unbedingt nötig, daß wir bei der Verfolgung Sichtkontakt mit ihm haben."

„Aber wenn wir ihn aus den Augen verlieren, entkommt er uns doch“, wandte Fassaden-Carlo ein.

Klicker schüttelte den Kopf. „Nicht, wenn wir modernste Hilfsmittel einsetzen.“

„Und die wären?“

„Ein Peilsender zum Beispiel“, erklärte der Kommissar. „Ich habe so ein Gerät schon gestern mitgebracht, sozusagen für den Fall der Fälle. Kommt, ich zeige euch, wie so etwas funktioniert.“

Sie begaben sich wieder hinunter in das private Wohnzimmer, und Kommissar Nagel holte aus seiner abgewetzten Aktentasche zwei sehr unterschiedlich große Geräte hervor. Das eine war nicht viel größer als drei aufeinandergelegte 50-Pfennig-Stücke, das andere Gerät hatte das Format einer Zigarrenkiste und wies mehrere Schalter, Skalen sowie einen kleinen Lautsprecher auf.

Kommissar Klicker deutete auf das kleine runde Plättchen. „Das hier ist der Sender, der über eine Stunde lang auf einer ganz bestimmten Frequenz Impulse abgibt – Funksignale.“

„Ah, ich kapiere schon“, sagte Blacky. „Die Impulse des Senders kann man mit dem anderen Gerät, dem Empfänger, auffangen, nicht wahr?“

„Mehr als nur empfangen“, erklärte Klicker weiter. „Man kann anhand der Skalen genau feststellen, aus welcher Richtung die Signale kommen. Außerdem kann man die Impulse auch hören . . .“

„Hören?“ fragte Bodo verdutzt.

„Der Empfänger wandelt die Impulse auch in akustische Signale um“, erläuterte der Kommissar und deutete dabei auf den kleinen eingebauten Lautsprecher. „Wenn man sich nun von dem Sender entfernt, werden die akustischen Signale immer leiser. Nähert man sich ihnen, werden sie immer lauter. Empfänger und Sender arbeiten über eine Reichweite von fast einem Kilometer.“

Carlo war begeistert. „Himmel, dann brauchen wir Johnny Guitar diesen daumennagelgroßen Sender bloß irgendwo unterzujubeln, und dann können wir ihm folgen, ohne daß er uns bemerkt!“

Klicker nickte. „Genauso ist es."

„Mann, das ist *die* Idee!" begeisterte sich auch Blacky.

„Das Problem ist nur, wie wir ihm den Sender in die Jackentasche oder sonstwohin schmuggeln", sagte Adi nun. „Wenn ihn einer von uns anrempelt, wird er bestimmt mißtrauisch. Die Jackentasche ist meiner Meinung nach auch nicht der geeignetste Ort für den Sender. Er könnte ihn dort zufällig entdecken."

„Tja, das ist das große Problem", stimmte Klicker ihm zu. Sie suchten fieberhaft nach einer passablen Möglichkeit, doch kein Vorschlag erschien ihnen praktikabel.

Es wurde Nachmittag. Die Arbeit mußte weitergehen. Blacky begab sich wieder in die Küche, während Carlo und Bodo dem Straßenkreuzer den letzten Glanz verliehen. Der Baron brachte ihn der Mietfirma zurück. Und dann meldeten sich die Erpresser wieder.

Knolle war am Telefon. „Wir starten das nächste Geschäft."

„Es wird kein nächstes Geschäft geben, solange wir nicht wissen, wie es Tino geht", sagte Adi hart. „Außerdem, diese Schweinerei mit der Asche..."

„... die habt ihr Blacky zu verdanken", unterbrach Knolle ihn schroff. „Damit sind wir quitt. Und was Tino betrifft, so braucht ihr euch keine Sorgen zu machen."

„So? Dein Wort allein genügt mir nicht."

„Ein Junge hat in diesem Augenblick an der Hotelrezeption ein Päckchen abgegeben. In dem Päckchen ist unter anderem auch der Beweis, daß sich Tino bester Gesundheit erfreut: ein Bild, das ihn mit der heutigen Ausgabe der Tageszeitung zeigt. Das ist Beweis genug. Ein Telefon ist nun mal leider nicht in der Nähe, wo er... seinen Urlaub macht. Und nun zum Geschäftlichen. Im Päckchen befindet sich eine Diamantkette, ein Kollier. Wir verlangen 20 000 Mark. Das Ding ist mindestens das Dreifache wert."

„20 000? Seid ihr noch zu retten?"

„20 000 heute abend!" verlangte Knolle.

„Ihr seid nicht ganz dicht!" stieß Adi wütend hervor. „Wo sollen wir so schnell das Geld hernehmen? Die Zeiten, wo Tino Banknoten selbst druckte, sind längst vorbei!“ Er versuchte Zeit herauszuschinden. „Heute können wir diese Summe unmöglich auftreiben! Blacky muß Kontakte knüpfen und einen Käufer suchen. Und dieser Käufer wird gleichfalls keine zwanzig Riesen mit sich herumschleppen.“

„Heute muß das Geld da sein!“

„Unmöglich.“

„Dann wird es Tino schlecht ergehen!“ warnte Knolle.

Adi versuchte es mit einem Bluff. „Wir tun alles, was in unserer Macht steht, aber das können wir nicht ... es sei denn, wir schalten die Bullen ein, damit sie uns die zwanzig Riesen vorstrecken. Ihr habt die Wahl!“

Einen Augenblick herrschte Schweigen. Knolle überlegte offenbar angestrengt. „Okay, bis morgen mittag habt ihr die Kohlen zusammen. Aber versucht bloß keine Tricks! Ich rufe wieder an!“ Er legte auf.

Es war wirklich ein Paket abgegeben worden. Was Knolle gesagt hatte, stimmte – sowohl was das Bild als auch das Diamantkollier betraf.

Carlo, der Johnny Guitar von der Drehtür aus im Auge behalten hatte, stieß plötzlich einen leisen warnenden Pfiff aus. „Johnny Guitar scheint die Beschattung abzubrechen!“ stieß er hastig hervor. „Er überquert die Straße.“

Adi und Klicker eilten zur Drehtür. Zuerst glaubten sie, Johnny Guitar wollte zu ihnen ins Hotel kommen, doch dann lenkte er seine Schritte nach links.

„Er geht durch die Seitenstraße, die an einem der Hinterausgänge der Hotelküche vorbeiführt!“ erkannte Adi. „Mein Gott, wenn er jetzt verschwindet und wir nicht handeln, verpatzen wir vielleicht unsere einzige Chance.“

Der Kommissar nagte an der Unterlippe. „Vielleicht müssen wir jetzt wirklich ein Wagnis eingehen ...“

Adi überlegte angestrengt. Der Kommissar durfte nicht in Johnnys Nähe kommen, denn ihn würde er möglicherweise wiedererkennen. Doch einer mußte ihn *irgendwie* aufhalten. Sein Blick fiel auf Bodo, der an der Rezeption lehnte.

„Bodo! Schnell!"

Bodo der Bomber kam angelaufen. „Was ist, Adi?"

„Du mußt Johnny Guitar aufhalten!" befahl er. „Sorge irgendwie dafür, daß er zumindest für einen Augenblick zu uns in die Küche muß!"

„Aber wie soll ich das machen? Soll ich ihn niederschlagen? Meine Boxhandschuhe . . ."

Adi fiel ihm ins Wort. Jetzt mußte es schnell gehen. „Irgendwie, nur nicht niederschlagen! Es muß wie ein Zufall aussehen. Am besten, du beschmutzt seinen Anzug. Wie du das anstellst, ist wirklich egal. Sorge nur dafür, daß er kurz in die Küche muß, um sich zu säubern."

„Ja, aber . . ."

„Halte ihn auf, koste es, was es wolle! Und jetzt tu, was ich dir aufgetragen habe. Ich muß den Sender holen. Los, beeil dich!"

Bodo der Bomber sah ihn verständnislos an, schüttelte den massigen Kopf, zuckte schließlich mit den Achseln und setzte sich wie eine Dampfwalze in Bewegung.

Adi wandte sich dem Kommissar zu. „Sie halten sich besser im Hintergrund. Geben Sie mir den Sender!"

„Am besten befestigen Sie ihn unter Johnny Guitars Schuh, sofern Sie die Möglichkeit haben. Unter dem Schuh ist die Gefahr, daß der Sender entdeckt wird, am geringsten. Wenn das nicht klappt, müssen wir es eben mit der Jackentasche wagen . . ."

Während Adi mit dem Kommissar ins Hinterzimmer lief, rief er Carlo noch zu: „Kümmere dich um unseren getarnten Wagen. Der Baron soll dir bei den Vorbereitungen helfen!" Kommissar Klicker hatte einen geschlossenen VW-Bus besorgt, der die Aufschrift *Störungsdienst Fernmeldeamt Steinenbrück* trug. „Sorgt dafür, daß alles für die Verfolgung bereit ist!"

„Wird gemacht, Adi!"

Indessen stieß Bodo die Schwingtür zur Hotelküche auf. „Blacky!" rief er aufgeregt. „Ich brauche etwas zum Beschmutzen. Koste es, was es wolle... hat Adi gesagt!"

„Du redest wie ein Buch mit sieben Siegeln, Bodo", erwiderte Blacky verwirrt und legte das scharfe Messer, mit dem er gerade Zwiebeln geschnitten hatte, aus der Hand.

„Ich muß ihn aufhalten... koste es, was es wolle. Das waren Adis Worte", keuchte Bodo, stürmte an den Regalen und Herdstellen vorbei und riß eine der Hintertüren auf. Gewitterschwüle Luft strömte in die Küche. Bodo lugte um die Ecke. „Himmel, da kommt er schon!"

„Wen sollst du aufhalten?"

„Johnny Guitar!"

Bodo Brockens Blick fiel auf einen großen Eimer, der bis zum Rand mit eingelegten grünen Heringen gefüllt war. Auf der Oberfläche schwammen Zwiebelringe, Lorbeerblätter und einige Pfefferkörner.

Bodo zögerte kurz, griff aber dann beherzt nach dem Henkel des Eimers.

Blacky erschrak, und einen Augenblick war er vor ungläubigem Staunen wie gelähmt. Dann löste er sich aus seiner Starre. „Bodo!... Laß den Eimer stehen!... Bist du verrückt geworden?... Das sind meine grünen Heringe für morgen mittag!" Er stürzte hinter der Anrichte hervor und wollte Bodo in den Arm fallen.

Es war jedoch schon zu spät.

„Koste es, was es wolle!" rief Bodo der Bomber noch einmal aus vollem Halse.

In diesem Moment kam Johnny Guitar in einem hellen, sommerlichen Anzug an der offenstehenden Küchentür vorbei. Die aufgeregten Stimmen veranlaßten ihn, den Kopf zu wenden und einen Blick in die Küche zu werfen.

„Nein, du Trottel!" rief Blacky. „Das ist der falsche Eimer!" Nun war er gezwungen, mitzuspielen.

Doch Bodo war durch nichts mehr aufzuhalten. Er schwang den schweren, randvollen Eimer und schüttete ihn Johnny Guitar entgegen. Dieser hob in einer Reflexbewegung abwehrend die Hände und starrte den Boxer entsetzt an. Die erhobenen Hände

Der gesamte Eimerinhalt ergoß sich über den Gangster. Bodo hatte einen Volltreffer erzielt

retteten ihn jedoch nicht vor den unzähligen Heringen und dem fettigen Marinadenguß.

Bodo der Bomber hatte einen Volltreffer erzielt.

Der gesamte Eimerinhalt ergoß sich über den Gangster. Er schrie auf, taumelte rückwärts, geriet ins Stolpern und setzte sich auf den Gehsteig – von oben bis unten mit glitschigen Heringen, Zwiebelringen, Lorbeerblättern und Pfefferkörnern bedeckt.

Johnny Guitar war sprachlos vor Schreck. Fassungslosigkeit stand in seinen weit aufgerissenen Augen. Er spürte, wie ihm die Marinade in den Nacken lief, und er schmeckte den sauren Essig auf der Zunge. Angeekelt verzog er das Gesicht.

Beim Anblick des begossenen Mannes auf dem Gehsteig vergaß Blacky für einen Augenblick seine Wut auf Bodo. Unwillkürlich trat ein schadenfrohes Grinsen auf sein Gesicht, und er mußte sich beherrschen, nicht laut zu lachen. Johnny Guitar bot einen wahrlich zu komischen Anblick.

Mehrere Zwiebelringe hatten sich an seinem rechten Ohr verfangen und hingen jetzt dort wie kostbare Reifen aus Weißgold. Und aus der Brusttasche, in die eigentlich ein Einstecktuch gehörte, ragten zwei Heringsschwänze heraus. Pfefferkörner kullerten über sein Gesicht, und die Marinade tropfte über die bunte Krawatte mit den aufgedruckten Gitarren.

Doch als Johnny Guitar anfing zu toben, wurde Blacky wieder bewußt, daß es ja seine köstlichen Heringe waren, die der Mann dort angewidert von sich schleuderte.

„Bist du wahnsinnig geworden?“ donnerte Blacky und packte Bodo Brocken an den Aufschlägen seiner Jacke. „Du bist entlassen, du Einfaltspinsel. Auf der Stelle!“

In diesem Augenblick stürmte Adi der Trickser in die Küche, den Minisender in der rechten Hand. Er machte ein besorgtes Gesicht.

„Habt ihr ihn?“ flüsterte er leise.

„Ich habe ihn!“ rief Blacky. „Ruf einen Arzt, Adi... Bodo ist total übergeschnappt!“

„Nun übertreib mal nicht!“ zischte Adi, und Erleichterung durchflutete ihn, als er Johnny Guitar erblickte.

„Er hat meine eingelegten grünen Heringe genommen!“ beklagte sich Blacky.

„Vergiß deine Heringe. Wir müssen dem Kerl den Peilsender unter einen Schuh heften“, raunte Adi seinem aufgebrachten Freund zu. „Das Opfer mußt du für Tino schon bringen.“

„Es ist ein verdammt großes Opfer“, brummte Blacky.

Johnny Guitar erhob sich unter wüsten Flüchen. Doch kaum stand er auf den Beinen, als er auch schon wieder zu Boden ging. Er rutschte auf den vielen Heringen zu seinen Füßen aus.

Adi eilte ihm zu „Hilfe“ und sagte: „Ich bin untröstlich, mein Herr: Darf ich Ihnen mein tiefstes Bedauern über die Ungeschicklichkeit unseres Küchengehilfen ausdrücken?“

„Den Teufel können Sie!“ brüllte Johnny Guitar und schlug in seinem Zorn um sich, ohne jedoch irgendwelchen Schaden anzurichten. „Das ist eine Sauerei ersten Grades!“

„Wie konnte das nur passieren?“ raunzte Adi Blacky mit gespieltem Ärger an!

Blacky gab sich zerknirscht. „Ich verstehe es auch nicht. Bodo sollte mir beim Aufräumen der Küche helfen und die Abfälle hinausschaffen. Dieser hirnlose Trottel hat meinen Eimer mit Heringen wohl für Abfall gehalten. Wir sollten den Burschen auf der Stelle feuern, Boß.“

„Ohne Zweifel, das werde ich auch“, sagte Adi mit schneidender Stimme und wandte sich wieder Johnny Guitar zu. „So können Sie auf keinen Fall weiter. Gestatten Sie, daß ich den Schaden wiedergutmache. Ihre Sachen müssen unbedingt gereinigt werden. Na los, helft mir schon!“ fuhr er Blacky und Bodo an.

Mit vereinten Kräften zerrten sie Johnny Guitar in den Küchenraum und begannen ihn auszuziehen.

„Nehmen Sie die Finger weg!“ protestierte der Gangster, der das alles für einen höchst peinlichen Zufall hielt. Auf den Gedanken, von einem von ihnen erkannt worden zu sein, kam er gar nicht. Er war noch nie mit Adi und einem seiner Freunde in Kontakt gekommen. Der Boß hatte ihm die Aufgabe übertragen, das Hotel zu beschatten. Er sollte herausfinden, ob Adis Clique wirklich die Polizei aus dem Spiel ließ. Es sah ganz danach aus.

„Zuerst die Jacke!“ befahl Adi der Trickser und kümmerte sich nicht um den Protest des Gangsters. Hier ging es um das Leben ihres Freundes Tino.

Angeekelt schrie Johnny Guitar auf, als ein Hering aus seinem klitschnassen Haar quer über sein Gesicht rutschte. Er wehrte sich gegen die Zudringlichkeiten der drei Männer, war gegen ihre Zielstrebigkeit jedoch machtlos.

„Das wird Sie einiges kosten!“ stieß Johnny Guitar immer wieder mit wutentbrannter Stimme hervor.

„Das hat es schon“, murmelte Blacky grimmig. „Einen Eimer herrlicher grüner Heringe!“

„Bodo! ... Du trocknest dem Herrn die Haare! ... Aber ordentlich!“ befahl Adi und zwinkerte ihm verschwörerisch zu. „Ich werde indessen seine Schuhe putzen!“

Bodo griff nach einem Tuch und begann das marinadenverschmierte Haar des Gangsters zu frottieren. Er rubbelte so stark, daß Johnny Guitar schwindelig wurde.

Adi nutzte die Gelegenheit und kniete sich hin. Der Minisender war an einer Seite mit doppelseitigem Klebeband versehen. Und während er so tat, als würde er die Lackschuhe gründlichst säubern, preßte Adi den Sender vor den Absatz des rechten Schuhs unter die Sohle.

„Zum Teufel, Sie sollen mich in Ruhe lassen! ... Alle!“ brüllte Johnny Guitar nun, dem das zuviel wurde. Er stieß Bodo von sich und riß Blacky seine Jacke aus der Hand. „Mir reicht es!“

Adi nickte Bodo und Blacky kaum merklich zu. Es gab jetzt keinen Grund mehr, den Gangster noch länger festzuhalten. Der Sender saß unter dem Schuh und sandte schon Signale aus. „Es tut mir aufrichtig leid, was passiert ist, mein Herr“, sagte Adi und zog zwei Hunderter aus seiner Brieftasche. „Ich weiß, daß Geld kaum die Unannehmlichkeiten, die wir Ihnen bereitet haben, aufwiegen

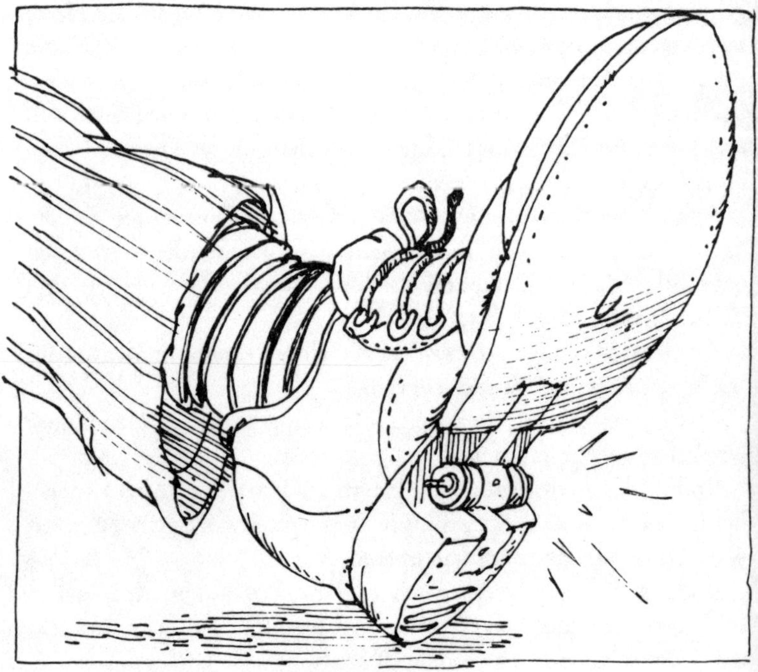

*Geschafft! Der Minisender klebte am Absatz
und sandte Signale aus*

kann. Aber lassen Sie mich zumindest für die Reinigungskosten aufkommen. Nehmen Sie diese zweihundert Mark. Ich wünschte, ich könnte mehr für Sie tun."

Mit wirrem Haar und beflecktem Anzug starrte Johnny Guitar ihn mißmutig an, dann riß er Adi die beiden Hunderter förmlich aus der Hand. „Sie werden für alles aufkommen, verlassen Sie sich darauf!" stieß er drohend hervor und ahnte nicht, daß Adi und seine Freunde sehr wohl wußten, wie er das meinte.

„Sicherlich. Dieser peinliche Zwischenfall wird Konsequenzen haben", versicherte Adi zweideutig.

Johnny Guitar murmelte etwas Unverständliches und stürmte dann durch die noch immer offenstehende Tür auf die Straße. Mit eiligen Schritten entfernte er sich.

Adi schloß schnell die Tür und strahlte Bodo und Blacky an. „Bodo, besser hätte auch ich es nicht machen können!" lobte er ihn. Bodo freute sich königlich.

Blacky verzog das Gesicht. „Er hätte ja auch den Eimer mit den Kartoffelschalen nehmen können..."

Adi fegte Blackys Einwand mit einer flotten Handbewegung beiseite. „Die Heringsfalle ist zugeschnappt, allein das zählt jetzt. Und nun nichts wie in den Wagen. Ich hoffe, die anderen sind schon bereit."

Der getarnte Einsatzwagen wartete hundert Meter vom Hotel entfernt. Der Kommissar hatte das Peilgerät schon eingeschaltet. Hektische rote Flecken überzogen sein Gesicht. Aus dem Lautsprecher drangen helle Töne, in einem Abstand von etwa einer Sekunde.

„Habt ihr an alles gedacht? Ausrüstung und Verkleidung?" fragte Adi, als er mit Bodo und Blacky zu ihnen in den Wagen stieg.

„Die Sachen liegen schon seit gestern bereit", erwiderte Carlo, während der Baron, der hinter dem Steuer saß, den Gang einlegte und das Gaspedal durchtrat. Der Wagen schoß aus der Parklücke.

Die Verfolgung hatte begonnen.

Eine Mausefalle schnappt zu

Der fensterlose Kellerraum, in dem Tino Tran gefangengehalten wurde, hatte einen L-förmigen Grundriß. Boden, Decke und Wände bestanden aus dicken soliden Steinblöcken. Und die Kellertür hätte noch nicht einmal ein Kraftprotz wie Bodo aus den Angeln heben können, auch nicht mit einem Stemmeisen, dafür waren die mit schweren Eisenbeschlägen versehenen Bohlen einfach zu wuchtig.

Tino hockte auf der einfachen Feldpritsche, die in einer Ecke des Kellers stand. Neben ihm flackerte eine schon halb heruntergebrannte Kerze auf einer Lattenkiste.

Mehr als vierundzwanzig Stunden befand er sich nun schon in Gefangenschaft. Das Gefühl der Angst vor dem, was ihn erwartete, hatte sich schnell gelegt. Er hatte gestern schon den etwa dreißig Quadratmeter großen Keller nach Fluchtmöglichkeiten untersucht und dabei nicht eine Fuge ausgelassen. Er hatte jedoch schnell erkennen müssen, daß die Gangster eine ausgezeichnete Wahl getroffen hatten. Ohne Hilfsmittel oder Unterstützung von außen war an eine Flucht nicht zu denken.

In dem kleinen Seitenraum, der vom Hauptraum rechtwinklig abzweigte, hatten die ehemaligen Bewohner dieses Hauses eine ganze Menge Kram abgestellt. Tino hatte dieses Gerümpel im Schein der Kerze genauestens untersucht, in der Hoffnung, irgendeine Waffe oder ein Werkzeug zu finden, das ihm eine Flucht ermöglichen könnte. Seine Hoffnungen hatten sich jedoch nicht erfüllt. Die Pappkartons, Lattenkisten und alten Matratzen waren zu nichts zu gebrauchen. Mit einer Ausnahme...

Tino Tran hatte auch vier große Mausefallen gefunden, die zwar schon ein wenig verrostet waren, ihren Zweck jedoch noch erfüllten. Er hatte nicht gewußt, wie sie ihm helfen sollten, aber in seinen Kopf hatte sich so etwas wie eine Lösung zusammengebraut...

Jetzt, am zweiten Abend seiner Gefangenschaft, kam ihm die Idee. Ein Blick auf seine Uhr sagte ihm, daß Knolle vermutlich in einer halben Stunde mit dem Abendessen kommen würde. Wahrscheinlich brachte er wieder irgendeine lauwarme Suppe, einen Kanten Brot und eine Flasche Sprudel.

„Einfallsloser Bursche“, knurrte Tino und machte sich weiter an den Mausefallen zu schaffen. Er hatte von einer Falle die starke Feder entfernt und brachte sie jetzt zusätzlich bei der Falle an, die er verwenden wollte. Durch zwei Federn erhielt der zuklappende Metallrahmen eine erheblich stärkere Kraft – und darauf kam es an.

Zehn Minuten später war Tino mit den Vorbereitungen fertig. Er stellte nun die Lattenkiste mit der flackernden Kerze ein paar Meter von seiner Pritsche entfernt auf, so daß sein Bett im Halbdunkel lag. Dann legte er sich hin, hielt die Mausefalle bereit und zog die Decke bis zur Brust hoch. Es war nämlich recht kühl in diesem Keller.

Still lag er auf dem Holzgestell und lauschte. Hoffentlich kam Knolle wieder alleine. Dann hatte er zumindest eine kleine Chance. Wenn nicht...

Tino zuckte zusammen. Der schwere Riegel wurde außen zurückgeschoben. Knolle trat mit einem Tablett in den Kellerraum. Vom Flur her fiel ein breiter Lichtstrahl in das düstere Verlies.

„Dein Menü, Pferdegebiß!"

Tino Tran schien ihn nicht gehört zu haben. Er krümmte sich auf der Pritsche und stöhnte unterdrückt. Er tat so, als würde er Knolle gar nicht bemerken. Er wimmerte und keuchte und klapperte mit den Zähnen.

„He, was ist denn mit dir los?" fragte Knolle verwundert. Schnell stellte er das Tablett mit der Suppenschüssel auf die Kiste neben die Kerze.

„Ich... habe schreckliche... Krämpfe", preßte Tino hervor. „Ich weiß... nicht, ob das nur Magenschmerzen sind oder ob das mein Blinddarm ist."

„Wo tut es denn weh?" fragte Knolle automatisch.

„Hier... hier schmerzt es!"

Knolle war erschrocken. Wenn Tino ernstlich erkrankte, wurde die Situation für sie verteufelt brenzlig. Deshalb vergaß er in diesem Augenblick auch die gebotene Vorsicht seinem Gefangenen gegenüber. „Laß sehen. Ich versteh ein bißchen was davon."

Tino verbarg mit seiner linken Körperhälfte die Mausefalle, die er in der linken Hand hielt, während er nun mit der rechten die Decke wegschob... angeblich um ihm zu zeigen, wo er Schmerzen hatte.

Knolle beugte sich zu ihm hinunter.

„Da tut's weh!" stöhnte Tino Tran – und seine linke Hand schoß mit der Mausefalle hervor. Er rammte sie Knolle direkt unter die Nase.

Knolle wollte erschrocken zurückspringen, doch die Mausefalle schnappte schon zu – und mit was für einer Wucht! Der Rahmen klemmte seine dicke Nase ein. Der stechende Schmerz ließ ihn aufschreien und trieb ihm Tränen in die Augen. Verzweifelt versuchte er, die Mausefalle von seiner Nase herunterzubekommen. Aber das war leichter gesagt als getan. Die doppelte Feder bewies eine wirklich erstaunliche Zugkraft.

Tino sprang von der Pritsche. Als Knolle ihn festzuhalten versuchte, versetzte Tino ihm einen kräftigen Stoß. Der Gangster stolperte gegen die Lattenkiste und stürzte. Das Tablett schepperte

Die Mausefalle schnappte zu – und mit was für einer Wucht! Knolle brüllte wie am Spieß

mit Suppenschüssel und Sprudelflasche auf den Steinboden. Die Flasche zerschellte splitternd. Gleichzeitig kippte die Kerze zur Seite, und heißes Wachs lief Knolle über den rechten Handrücken. Er brüllte wie am Spieß.

Gehetzt flüchtete Tino aus dem Keller in den Flur. Die erste Etappe hatte er geschafft. Für einige Augenblicke war Knolle außer Gefecht gesetzt. Jetzt hatte er eine reelle Chance, diesen Gangstern zu entkommen.

So schnell er konnte, rannte er die gewundene Kellertreppe hoch. Die Tür stand offen und gab den Blick in eine große Eingangshalle frei.

Geschafft! dachte Tino.

Doch plötzlich tauchte eine Gestalt auf, die den ganzen Türrahmen ausfüllte. In der linken Hand hielt dieser fette Mann mit dem schwarzen, gezwirbelten Schnurrbart und fettglänzendem Pomadehaar einen Mohrenkopf und in der rechten einen Billardstock.

„Nur nicht so hastig, lieber Freund", sagte der Fette und versperrte Tino den Weg mit dem Billardstock. „Mir scheint, ich bin gerade zur rechten Zeit gekommen!"

„Lassen Sie mich hier raus!" keuchte Tino und wußte im selben Moment, daß seine Bitte lächerlich kindisch war.

„Sicher, sicher lassen wir dich raus", sagte Pomadenhaar. „Aber alles zu seiner Zeit, lieber Freund. Übrigens, ich bin hier der Boß." Seine Stimme klang auf einmal gar nicht mehr so freundlich, sondern sehr kalt und drohend. „Man nennt mich allgemein Sweety. Du darfst mich auch so nennen. Das ändert aber nichts daran, daß getan wird, was ich sage." Er lächelte nun wieder und biß herzhaft in den Mohrenkopf. Ein schwarzweißer Rand aus Schokoladenkruste und Füllung bildete sich um seinen Mund.

Tino wußte nicht, was er sagen sollte. Seine Hoffnungen waren mit einem Schlag zunichte gemacht. Sein Plan war gescheitert. Aus der Traum von der Freiheit! Hinter sich hörte er Knolles wütendes Geschrei. Der Gangster kam die Treppe heraufgestürmt.

„Wo ist dieser hinterhältige Stinker?" schrie er völlig außer sich.

„Ich bringe ihn um, verdammt noch mal, das tue ich! ... Ah, da bist du ja! ... Ich werde dir zeigen ..."

Sweety fiel ihm scharf ins Wort. „Einen feuchten Dreck wirst du ihm zeigen, du Idiot!" fuhr er ihn an. „Tino hat mehr Grips als du, Knolle. Sonst wäre er nicht beinahe entkommen. Du kannst von Glück reden, daß ich zufällig in der Halle war!"

Knolle ließ die erhobenen Hände sinken. In seinem Gesicht zuckte es. „Sieh dir mal meine Nase an!" stieß er mit zitternder Stimme hervor. „Sieh dir an, was er mit mir gemacht hat!"

Sweety grinste schadenfroh. „Deine Nase hatte schon immer ein außergewöhnliches Format, Knolle. Aber jetzt stichst du wirklich jeden aus, darauf würde ich jede Wette eingehen."

Knolles Nase war dick angeschwollen und begann sich zu verfärben. Wie ein farbiger Blumenkohl saß sie in seinem Gesicht. Daß die Schwellung schmerzhaft war, stand außer Frage.

„Er hat eine Abreibung verdient!" beharrte Knolle.

„Schluß jetzt!" sagte Sweety und steckte die zweite Hälfte des Mohrenkopfes in den Mund. „Mach dir einen kalten Nasenwickel, aber hör endlich auf, dummes Zeug zu quatschen. Was gemacht wird, bestimme immer noch ich. Tino ist unsere Geisel, vergiß das nicht. Außerdem ist mir jetzt nach einem Billardspiel. Tino wird gegen mich antreten."

„Billard?" stieß Tino verdattert hervor. „Ich habe noch nie in meinem Leben einen Billardstock in der Hand gehalten."

„Dann wird es allmählich Zeit, daß du es mal tust", erwiderte Sweety und leckte sich genüßlich über die Lippen.

„Aber ..." wollte Tino einwenden.

„Es gibt kein Aber!" donnerte Sweety. „Das ist ein Befehl! Ich sagte doch schon, daß hier gemacht wird, was *ich* sage. Los, du kommst jetzt mit mir nach oben. Im Herrenzimmer steht ein Billardtisch. Vorwärts!"

Tino Tran blieb nichts anderes übrig, als den Befehlen des Gangsters zu folgen. Sie durchquerten die Eingangshalle, die spärlich möbliert und nur oberflächlich entstaubt war. Vermutlich stand die Villa schon eine Zeitlang unbewohnt, denn sonst hätten die Gangster hier nicht Unterschlupf gesucht.

Eine breite Treppe führte ins erste Obergeschoß. Gleich durch die erste Tür gelangte man in das sogenannte Herrenzimmer, das sehr groß war. Die Einrichtung bestand aus einem zerschlissenen Ohrensessel, einer Sitzgarnitur mit einer Couch und drei Sesseln sowie einem niedrigen Tisch, einem Wandschrank und einer spanischen Trennwand, hinter der sich die Gangster eine kleine improvisierte Küche eingerichtet hatten: Es standen dort ein Spirituskocher, ein paar Teller und Tassen, Bestecke und eine Kiste voller Konservendosen.

Den größten Teil des Raumes, der über einen schönen Kamin verfügte, nahm der Billardtisch mit dem grünen Filzbezug ein. Eine tiefhängende Lampe mit grünem Schirm und roten Fransen warf ihr Licht auf die farbigen Kugeln.

Tino sah sich aufmerksam und möglichst unauffällig um. Zwei große schmale Glastüren führten auf einen Balkon hinaus. Er sah im Abendlicht dichtstehende Bäume vor der Villa, aber nicht ein einziges Haus. Alles paßte gut zusammen. Ein Versteck in völliger Abgeschiedenheit.

„Dann wollen wir mal beginnen“, sagte Sweety und trat zum Kamin. Auf dem breiten Sims reihten sich mehrere Tafeln Schokolade, drei Rollen Smarties, zwei Schachteln mit Mozartkugeln, eine Dose Plätzchen sowie sechs Mohrenköpfe aneinander. Sweety schob sich einen Mohrenkopf in den Mund. „Hoffentlich kommt der Bursche von der Konditorei bald. Es ist ja kaum noch etwas da!“ Er schien ehrlich besorgt zu sein.

„Himmel, kriegst du denn nie von diesen Süßigkeiten genug?“ fragte Knolle aggressiv. „Mir wird ja schon schlecht, wenn ich nur sehe, wie du dir das Zeug pfundweise in den Rachen stopfst!“

„Aber beim Anblick des Geldes, das ich heranschaffe, wird dir nicht schlecht, was?“ fauchte Sweety seinen Komplizen an. „Ohne meinen Grips würdet ihr beide doch schon längst im Knast sitzen und Gitterluft atmen!“

Knolle zog den Kopf zwischen die Schultern. „Ich ... ich mache mir einen kühlen Umschlag", murmelte er schnell und verließ das Zimmer.

„Los, Tino! Zeig mal, was in dir steckt!" rief Sweety wieder bester Laune, reichte ihm einen Billardstock und legte die Kugeln zurecht. „Du hast den ersten Stoß."

Tino schluckte nervös. Er hielt den Billardstock wie einen Rammspeer und kniff das rechte Auge zu, als er die weiße Kugel anvisierte. Er holte kräftig aus, stieß zu – und die Spitze des Stockes schoß an der weißen Kugel vorbei ins Leere.

Sweety seufzte. „Na ja, wir haben viel Zeit. Sehr viel Zeit sogar. Ich werde mit deinen Freunden noch eine Menge Geschäfte machen. Wenn wir dann fertig sind, wirst du erstklassig Billard spielen."

Tino sah ihn skeptisch an.

Der Gangsterboß lachte. „Mach dir keine falschen Hoffnungen, Tino. Das Versteck hier ist ideal. Der Besitzer befindet sich in Übersee. Und ob du es glaubst oder nicht, aber er hat mich als Aufpasser eingestellt. Wir sind also ganz sicher ... solange uns die Bullen nicht auf die Spur kommen. Aber für so unvernünftig halte ich deine Freunde nicht. Wäre ja auch zu schade um dich ..."

Tino brach der Angstschweiß aus.

Unternehmen: Bäckerburschen

In dem getarnten Bus wurde wenig gesprochen. Nur das Allernotwendigste. Die Spannung war kaum zu ertragen. Kommissar Klicker hatte den Empfängerteil mit der ausgefahrenen Antenne auf dem Schoß und konzentrierte sich auf die Signale. Das Piepen aus dem Lautsprecher kam regelmäßig.

„Es geht stadtauswärts", sagte der Baron, als sie sich den Außenbezirken von Steinenbrück näherten.

„Geben Sie Gas, Baron", sagte der Kommissar. „Ich möchte wissen, welchen Wagen Johnny Guitar fährt."

Der Baron nickte und beschleunigte. Als sie die Landstraße erreichten, die nach Köln führte, wurden die akustischen Signale lauter.

„Das da vorn, der silbergraue Toyota, das muß er sein!" rief Adi, als auf einer langen geraden Strecke nur ein silberner Toyota zu sehen war.

„Sicherlich gestohlen", brummte Carlo.

„Anzunehmen", meinte Nagel, und zum Baron sagte er: „Überholen Sie ihn. Ich möchte sicher sein."

Als sie den Toyota überholten, wurden die Signale immer lauter und intensiver. Klicker kauerte sich vorn auf den Boden, so daß ihn Johnny Guitar nicht sehen konnte.

„Sie haben recht, es ist unser Mann", sagte der Baron mit grimmiger Freude, als er an dem Wagen vorbeizog. Nun wurden die Signale gleich wieder schwächer.

„Fahren Sie bei der nächsten Straßeneinbuchtung rechts ran und lassen sie ihn wieder vorbei", wies Klicker ihn an. „Wir wissen jetzt, was wir wissen wollten. Soll Johnny Guitar wieder die Führung übernehmen. Sichtkontakt ist nicht mehr nötig."

Der Baron hielt sich an die Anweisung des Kommissars. Der Wagen preschte an ihnen vorbei. Als er außer Sicht war, hängte sich der Baron wieder an. Quasi blind folgten sie, nur von den Signalen geleitet.

Zehn Minuten später wurden die Peiltöne plötzlich sehr laut und nahmen dann aber schnell an Intensität ab. Die Männer im VW-Bus waren verwirrt.

Kommissar Nagel jedoch wußte, was das zu bedeuten hatte. „Er ist von der Landstraße abgefahren. Los, zurück, Baron! Wir sind gerade an einer schmalen Abzweigung vorbeigefahren. Jetzt kann es nicht mehr weit sein!"

Der Baron wendete, und als sie kurz darauf von der Landstraße in den schmalen asphaltierten Weg einbogen, wurden die Signale auch lauter. Sie waren dem Gangster wieder auf den Fersen.

„Wir dürfen uns nicht verraten!" warnte Adi.

Klicker nickte. „Langsam, Baron. Ich schätze, gleich ist Endstation."

Kaum hatte er das gesagt, als die Straße etwas anstieg und vor ihnen im düsteren, von Gewitterwolken gedämpften Abendlicht eine lange Allee auftauchte, die vor einem großen schmiedeeisernen Tor endete. Hinter dem Tor erstreckte sich ein verwilderter Park mit hohen, alten Bäumen und Büschen. Ein Kiesweg, der schon lange nicht mehr geharkt worden war, schlängelte sich durch den Park – vermutlich zu einem Haus, das man jedoch nicht sehen konnte, das den Gangstern aber mit Sicherheit als Versteck diente.

„Parken Sie im Schutz der Mauer neben dem Tor", sagte Nagel zum Baron. „Wir wissen jetzt, wo die Gangster stecken. Die Intensität der Signale verändert sich nicht mehr – das ist der Beweis, wir sind hier richtig."

„Ich schlage vor, wir erkunden zuerst einmal das Terrain. Vor Einbruch der Dunkelheit können wir sowieso nicht losschlagen", sagte Adi.

Der Baron blickte zum Himmel, wo sich schwere Gewitterwolken zusammenballten. „In zwanzig Minuten ist es dunkel."

„Wir haben Zeit genug", stimmte der Kommissar Adi zu. „Wir brauchen nichts zu überstürzen. Eigentlich wäre es mir ja lieber, wenn wir ein Einsatzkommando verständigten und das Anwesen hermetisch abriegeln würden."

Man konnte Adi und seinen Freunden ansehen, daß sie von diesem Vorschlag nicht allzu viel hielten. Sie wollten sich allein um Tinos Befreiung kümmern.

Adi brachte zum Ausdruck, was alle dachten. „Tino ist unser Freund . . . sogar mehr als das. Wir werden kein Risiko eingehen, das wir ihm gegenüber nicht vertreten könnten. Das soll kein Mißtrauen Ihnen und Ihren Kollegen gegenüber sein, Kommissar. Aber wir möchten einfach nicht, daß hier Polizeitruppen aufmarschieren."

Der Kommissar schwieg eine Weile. Schließlich sagte er: „Gut, ich überlasse euch die Entscheidung. Obwohl die Verantwortung natürlich letztlich, besonders wenn etwas schiefgehen sollte, bei mir hängenbleibt." Er schnitt eine Grimasse.

„Es wird nichts schiefgehen!" entgegnete Adi mit fester, energischer Stimme.

„Ich hole schon mal die Ausrüstung aus dem Wagen." Carlo grinste, als er hinzufügte: „Die Ausrüstung aus den guten alten Tagen..."

Die Ausrüstung, das waren dünne strapazierfähige Nylonseile mit einem Stahldraht in der Mitte. An je einem Ende war ein kleiner Wurfanker befestigt, dessen drei Haken zur Geräuschdämpfung mit einer Gummibeschichtung überzogen waren. Mit Hilfe dieser Wurfanker war Fassaden-Carlo schon an so manchem Haus hochgeklettert. Ganz leichte, aber höchst stabile Aluminiumleitern, die man aufeinandersetzen konnte, gehörten ebenfalls zu Carlos ehemaligem Handwerkszeug. Hinzu kam noch eine Menge anderer Kleinigkeiten wie Glasschneider, Dietriche, Sicherungshaken und Spezialwerkzeuge zum Ausschalten von Alarmanlagen. Kommissar Klicker hatte zudem noch vier Sprechfunkgeräte beigesteuert, so daß sie miteinander in Kontakt bleiben konnten, falls sie sich in mehrere Aktionsgruppen aufteilten.

„Bevor wir etwas unternehmen...", begann Adi.

Er wurde von Bodo unterbrochen. „Da kommt ein Wagen die Allee hoch!"

Überrascht und erschrocken drehten sich die Männer um. Klikker griff zum Fernglas und setzte es an die Augen. „Der Wagen einer Konditorei aus dem Nachbarort!" sagte er erstaunt. „Was will der bloß hier?"

„Mist!" stieß Carlo hervor. „Wenn da einer von den Gangstern drinsitzt, sind wir geliefert."

„Du meinst wohl Tino", korrigierte ihn Blacky.

„Keineswegs", widersprach Adi. „Wir müssen daher nur dafür sorgen, daß der Fahrer nicht flüchten kann!"

„Adi bleibt bei mir!" befahl Klicker. „Alle anderen verstecken sich im Wagen!"

Der weiße VW-Bus mit der Aufschrift *Konditorei Beckmayer* näherte sich dem schmiedeeisernen Gittertor, bremste ab und ließ das Fernlicht aufleuchten. Ganz offensichtlich wollte er, daß die beiden Männer vor der Einfahrt den Weg freigaben.

Der Konditoreiwagen kam zum Stehen. Der Fahrer, ein junger Mann mit krausen rötlichen Haaren, kurbelte das Seitenfenster herunter. „He, Sie stehen mitten im Weg!" rief er ungeduldig. „Haben Sie keine Augen im Kopf? Ich will hier durch!"

Der Kommissar trat zu ihm an den Wagen, während sich Adi auf der anderen Seite bereit hielt. Er vergewisserte sich mit einem Blick, daß die Beifahrertür nicht verriegelt war. Sollte der Bursche zu flüchten versuchen, würde er, Adi, schneller im Wagen sitzen als der Fahrer es sich vorzustellen vermochte.

„*Wo* müssen Sie hin?" erkundigte sich Klicker.

„Zur Villa Burghausen."

„Und was wollen Sie dort?"

„Bestellte Waren abliefern. Torten und all so'n Zeugs", antwortete der Fahrer. „Aber, zum Teufel, was geht Sie das an? Warum stellen Sie diese Fragen? Mein Job geht Sie doch überhaupt nichts an!"

„Irrtum." Der Kommissar zückte seinen Dienstausweis und hielt ihn dem Fahrer unter die Nase. „Sonderdezernat. Würden Sie bitte aussteigen?"

Mit großen Augen starrte der Mann auf den Ausweis und dann auf den Kommissar selbst. „He, was hat das zu bedeuten – Sonderdezernat? Ich habe nichts auf dem Gewissen, Mann. Für meine Torten haben Sie ja wohl keinen Haftbefehl, oder? Also, lassen Sie mich durch, ich muß heute noch mehr Kunden beliefern."

Adi öffnete nun die Beifahrertür. „Sie sollen aussteigen, oder haben Sie den Kommissar nicht verstanden?" fragte er scharf.

Mit wütender Miene bequemte sich der junge Mann nun auszusteigen. „Okay, okay", knurrte er.

„Ich möchte von Ihnen ganz genau wissen, wer hier was bestellt hat", sagte Klicker.

„Vor ein paar Stunden hat ein Herr Woblonski bei uns angerufen und eine größere Bestellung durchgegeben", berichtete der Fahrer widerwillig. „Drei Eistorten, ein halbes Tablett Gebäck und Teilchen sowie zwei Dutzend Mohrenköpfe, zehn Tafeln Schokolade, zwei Cremetorten und zwei gefüllte Sahnesiphons."

Kommissar Klicker verzog das Gesicht. „Himmel, das ist ja eine halbe Konditorei. Adi, das bringt mich auf einen Gedanken."

„Wieso?"

„Süßigkeiten jede Menge, da klickt es bei mir", sagte Nagel. „Schon mal was von einem gewissen Sweety gehört?"

Auf Adis Gesicht trat zuerst ein verwirrter Ausdruck, dann aber erinnerte er sich. „Natürlich! ... Der fette Sweety, der nie genug Süßigkeiten bekommen kann! ... Aha ...! Sweety führt bei dieser Truppe vermutlich das Kommando."

Klicker nickte. „Die Vermutung habe ich auch. Ich schätze, diese Süßigkeiten sind ein Geschenk des Himmels und werden uns die Türen der Villa öffnen."

Adi begriff sofort, worauf der Kommissar hinaus wollte. „Das ist die Chance!"

Der junge Fahrer blickte verstört von einem zum andern und verstand nicht ein Wort von dem, was da gesprochen wurde. „Sweety? Truppe? Was hat das alles zu bedeuten?"

„Das hat zu bedeuten, daß ich Sie bitten muß, mir Ihren Kittel und Ihre Mütze zu geben. *Wir* werden die Süßigkeiten zustellen", erklärte Klicker. Und als der Mann protestierte, wurde er dienstlich. „Wenn Sie sich weigern, ist das Behinderung der Polizei bei der Ausübung ihres Dienstes sowie möglicherweise Begünstigung eines Verbrechens. Der Staatsanwalt könnte vielleicht auch noch Anklage erheben wegen Widerstandes gegen die Staatsgewalt ..."

Adi verkniff sich ein Grinsen, wußte er doch, daß der Kommissar nur bluffte.

Der Fahrer wurde jedoch blaß. „Wenn ... wenn das so ist ...", er zog den weißen Kittel mit dem aufgestickten Schriftzug der

Konditorei über der linken Brust aus. „Warum nehmen Sie denn nicht den Kittel, der hinten im Wagen hängt?"

„Wir brauchen beide", sagte Klicker und wandte sich dann Adi zu. „Ich schlage vor, daß Sie und der Baron als Bäckerburschen verkleidet gehen. Sweety kennt mich. Das Risiko wäre zu groß."

Inzwischen hatten Carlo, Bodo, Blacky und der Baron ihr Versteck verlassen.

„Dann teilen wir uns in zwei Gruppen auf?" fragte Carlo.

„Das entscheiden wir, wenn wir wissen, welche Eigenheiten die Villa hat", antwortete Adi der Trickser.

„Was ist aber, wenn der Fahrer es sich überlegt und flüchtet oder aber die Gangster aus Gott weiß welchen Gründen warnt?" erkundigte sich der Baron. „Ich habe nicht das Gefühl, daß er von Ihrem Dienstausweis sonderlich beeindruckt ist."

„Ich habe genügend Handschellen dabei", beruhigte ihn der Kommissar. „Wir werden ihn vorübergehend hinten in unserem Wagen festhalten. Ich glaube, daß ich diese Maßnahme in Anbetracht der Umstände vertreten kann."

Der junge Mann war ganz und gar nicht begeistert, als der Kommissar ihn aufforderte, auf der hintersten Sitzbank des Wagens Platz zu nehmen und ihn dann mit den Handschellen an eine der Sitzverstrebungen ankettete.

„Ich werde mich beschweren!"

„Tun Sie, was Sie nicht lassen können. Im Augenblick habe ich ganz andere Sorgen", erwiderte Nagel und schärfte ihm noch einmal ein, daß ihm eine harte Strafe drohte, wenn er irgendwie versuchen sollte, Lärm zu machen oder gar zu fliehen.

Nachdem dieses Problem auf recht drastische Weise bewältigt war und die Dunkelheit sich über das hügelige Land gelegt hatte, schlichen die sechs Männer in einer weit auseinandergezogenen Postenkette den Kiesweg hoch. Nach etwa zweihundert Metern tauchte vor ihnen die Villa Burghausen auf – und wie eine Burg sah der Kasten auch wirklich aus.

Das Gebäude hatte einen U-förmigen Grundriß. Die beiden

Seitentrakte ragten nach vorn auf den Vorplatz hinaus. Carlo begutachtete das Haus mit dem Kennerblick des professionellen Einbrechers.

„Alle ebenerdigen Fenster und Türen sind mit starken Gittern versehen“, raunte er dem Kommissar und Adi zu. „Kein großes Problem, wenn man Zeit und es nicht mit Gangstern zu tun hat. Für uns scheidet diese Möglichkeit von vornherein aus. Zu riskant und zeitraubend.“

„Welche Möglichkeiten sehen Sie?“ wollte der Kommissar wissen.

Carlo deutete auf das breite Doppelfenster hinter dem Balkon im ersten Stock. Licht fiel durch die Fenstertüren in die Dunkelheit. „Dort oben halten sich die Gangster auf. Dafür würde ich meine Hand ins Feuer legen. In dem Raum brennen die einzigen Lampen. Und dort müssen wir hin.“

Adi nickte. „Richtig. Ich bin dafür, wir nehmen die Gangster von zwei Seiten in die Zange. Ich werde mit dem Baron durch den Bäckerburschen-Trick ins Haus gelangen, während ihr vom Balkon her eingreift, falls die Gelegenheit günstig ist. Der Überraschungsmoment ist unser großer Trumpf.“

„Einverstanden“, sagte der Kommissar leise. „Aber wie kommen wir auf den Balkon? Vielleicht kann Carlo an glatten Hausfassaden hochklettern, ich jedoch kann das nicht... und die anderen vermutlich auch nicht.“

„Die Sache ist gar nicht so schwer“, erklärte Fassaden-Carlo begeistert. Er war nun ganz in seinem Element. Er wies nach links. „Sehen Sie, dort befindet sich der Garagentrakt. Keine drei Meter hoch. Auf das Dach der Garage gelangen wir mit Hilfe der Aluminiumleitern. Von dort aus werfe ich den ersten Wurfanker hoch auf den kleinen Balkon im zweiten Stock direkt über der Garage. Dann schwingen wir uns an dem Seil dort hinüber auf den vorspringenden Fenstersims im ersten Stock. Und von da aus ist es bis zum Balkon nur noch ein Katzensprung.“

Der Kommissar machte ein skeptisches Gesicht. „Für Sie vielleicht, Carlo...“

„Anders geht es nun mal nicht, Kommissar." Carlo lächelte. „Sie können natürlich die Sache ganz mir überlassen und von unten aus die Koordination unserer Aktion leiten ..."

„Den Teufel werde ich", knurrte Klicker. „Natürlich bin ich mit von der Partie!"

Dumpfes Gewittergrollen kam aus der Ferne. Ein greller Blitz

„Die Sache ist gar nicht so schwer", erklärte Fassaden-Carlo

zuckte über den Himmel. Von Minute zu Minute wurde das Grollen lauter. Kein Zweifel, das Sommergewitter näherte sich Steinenbrück.

„Das kommt wie bestellt“, bemerkte Carlo erfreut.

Klicker runzelte die Stirn. Die ersten schweren Regentropfen klatschten auf seine Glatze. „Ich weiß nicht, was daran so erfreulich ist“, brummte er. „Diese Schwüle paßt mir nicht, und ebensowenig paßt es mir, von einem Gewitterregen bis auf die Haut durchnäßt zu werden.“

„Das Gewitter wird verräterische Geräusche mit Leichtigkeit übertönen“, sagte Carlo. „Und das halt ich im Augenblick für wichtiger als trockene Kleider.“

Der Kommissar lächelte gequält. „Nun, dieser Logik kann ich mich nicht entziehen.“

„Da jetzt alles geklärt ist, sollten wir loslegen“, drängte der Baron.

Sie eilten zum Wagen zurück. Adi und der Baron schlüpften in die Kleidung der Konditorei. Adi steckte ein Walkie-Talkie ein, um mit dem Rest der Einsatztruppe in Sprechkontakt bleiben zu können. Kommissar Klicker sollte ihnen über Sprechfunk den Zeitpunkt, wann sie mit dem Konditoreiwagen vor der Villa vorfahren sollten, durchgeben. Es würde noch einige Zeit dauern, denn zuerst einmal mußten Carlo, Bodo, Blacky und Kommissar Klicker ihren Aufstieg bewältigt haben und sich auf dem Balkon befinden. Und das war keine Kleinigkeit. Und schon gar nicht ungefährlich, wie sich zeigen sollte...

Die Fassadenkletterer

Pechschwarze Gewitterwolken türmten sich zu einem düsteren Wolkengebirge zusammen, als Carlo die Aluminiumleiter an die Rückseite der Garage stellte und als erster hochkletterte. Dann folgten Blacky, der Kommissar und Bodo mit dem Rest der Ausrüstung. Niemand achtete sonderlich darauf, daß Bodo seinen Kater Al Capone mitgenommen hatte. In der Dunkelheit fiel nämlich niemandem der schwarze Kater auf, der sich stets dicht bei Bodos Füßen aufhielt und förmlich mit den Schatten der Nacht verschwamm.

Auf dem Garagendach verharrten die Männer. Carlo legte das Seil des Wurfankers wie ein Lasso zurecht, trat dann bis an den Rand des Daches zurück und schwang den Anker, dessen gummiüberzogene Haken ausgeklappt waren. Der Anker sirrte im Kreis über Carlos Kopf hinweg . . . immer und immer wieder.

„He, willst du ihn nicht bald hochschleudern?" rief Blacky ungeduldig, als Carlo nach einer scheinbaren Ewigkeit das Seil noch immer nicht losließ.

„Nur nichts überstürzen", antwortete Carlo gelassen. „Ich verstehe mein Handwerk, Blacky. Wenn du in der Küche stehst, spucke ich dir ja auch nicht in die Töpfe oder?"

„Worauf warten Sie denn?" wollte Klicker, nicht minder nervös, wissen.

„Auf Blitz und Donner", antwortete Carlo. „Auf das da!"

Ein greller Blitz zuckte vom Himmel, teilte sich in vier gezackte Lichtäste – und einen Moment später schleuderte Carlo den Wurfanker. Als der Anker hinter die Brüstung des kleinen Balkons polterte, wurde das Geräusch von einem wahrlich berstenden Gewitterdonner mit Leichtigkeit übertönt.

Kommissar Klicker nickte anerkennend. Der Wurf war wirklich exakt überlegt und berechnet. Carlo verstand sein Geschäft hundertprozentig. Kein Wunder, daß Carlo ihm, dem Kommissar, immer durch die Lappen gegangen war.

Carlo zog sacht an der Leine. Der Anker saß. Die Haken hatten sich hinter der Brüstung festgekrallt. „Ich sichere das Seil!" rief er seinen Freunden gedämpft zu und kletterte gewandt wie ein Affe zum Balkon im zweiten Stock hoch. Wenn er allein gewesen wäre, hätte er sich diese Mühe gar nicht gemacht. Er wäre dann sofort mit viel Schwung vom Garagendach zum Balkon in der Mitte des ersten Stocks hinübergependelt. Aber bei Bodo, Blacky und Klicker mußte man sichern, denn übermäßig geschickt waren sie bestimmt nicht.

Während Carlo hochkletterte und das Seil mit einer Schlinge am Geländer sicherte, brach das Sommergewitter mit aller Kraft los. In kurzen Abständen zuckten die Blitze aus den Wolken, und das Donnergrollen schien kein Ende nehmen zu wollen. Wie eine Sintflut stürzte der Regen vom Himmel, und innerhalb weniger Augenblicke waren Carlo und seine Freunde bis auf die Haut durchnäßt.

Carlo ließ sich wieder auf das Garagendach hinunter und schwang, wie Tarzan an der Liane, zu dem etwa anderthalb Meter langen Fenstersims im ersten Stock hinüber. Sicher landete er auf dem Vorsprung und ließ das Tau zurückpendeln.

„Der nächste!" rief Carlo.

Blacky schaffte es schon beim ersten Versuch.

Kommissar Klikker dagegen hing wie ein nasser Sack am Seil und schwang nicht hoch genug. Erst beim vierten Anlauf bekamen Blacky und Carlo ihn zu fassen und zogen ihn zu sich auf den Sims. „Himmel, so etwas ist ja selbstmörderisch“, stöhnte der Kommissar.

„Das ist eine der leichtesten Übungen für Fassadenkletterer“, korrigierte Carlo ihn und gab den Strick frei.

Bodo fing ihn auf. Doch bevor er sich zum Sims hinüberschwang, schnappte er Al Capone, dessen Fell klitschnaß war. Verängstigt hockte der kleine Kater auf Bodos Schulter. „Halte dich schön fest, Al Capone“, raunte Bodo seinem Liebling zu. „Gleich spielen wir Tarzan.“

Bodo machte seine Sache recht gut. Beim zweiten Versuch erreichte er den Sims – jedoch mit so viel Schwung, daß er die andern beinahe vom Vorsprung gefegt hätte.

„Mich laust der Affe!“ stieß Carlo hervor. „Du hast ja Al Capone dabei?!“

„Al Capone ist überall dabei." Bodo streichelte dem Kater über das nasse Fell. Al Capone miaute kläglich. „Ich kann ihn doch bei so einem Wetter nicht allein lassen."

„Paß bloß auf ihn auf!" warnte Blacky.

„Al Capone paßt schon auf sich selbst auf", versicherte Bodo, der die Aufregung seiner Freunde überhaupt nicht verstehen konnte.

Blacky preßte sich mit dem Rücken an die Hausfassade und starrte hinunter. Sie befanden sich in gut acht Meter Höhe. Der Gedanke, hier das Gleichgewicht zu verlieren und abzustürzen, verursachte ihm eine Gänsehaut. Acht Meter – das reichte völlig aus, um sich alle Knochen im Leib zu brechen.

„Beeilen wir uns, daß wir hinüber auf den sicheren Balkon kommen", drängte deshalb Blacky.

„Wie sollen wir da nur hinkommen! Von hier bis zum Balkon sind es mindestens zehn Meter", gab Klicker zu bedenken. „Zehn Meter glatte Hausfassade!"

Carlo lachte leise. „Überhaupt kein Problem. Ich klettere zurück auf den Balkon hinter uns im zweiten Stock. Von da steige ich hoch auf das Dach. Und dann gehe ich über das Dach bis zu dem Punkt, wo ich genau über dem Balkon des Mitteltraktes stehe. Dort seile ich mich ab. Anschließend werfe ich euch vom Balkon ein drittes Seil zu. Das eine Ende verknüpft ihr mit dem Strick, der vom Balkon im zweiten Stock herunterhängt. Das andere Ende befestige ich am Geländer des Balkons im ersten Stock. Dann braucht ihr nur noch zu mir herüberrutschen."

„Fabelhaft!" rief Bodo begeistert.

„Hoffentlich klappt es auch", brummte Blacky.

„Ist das auch nicht zu gefährlich?" fragte Klicker besorgt.

Carlo zuckte mit den Achseln. „Ein Kinderspiel... für mich", sagte er und kletterte am Seil zum Balkon des linken Seitentraktes hoch. Oben angekommen, schleuderte er das Ende wieder zu Kommissar Klicker zurück. Dann stieg Carlo am Abflußrohr der Regenrinne senkrecht zum Dach auf. Wie ein Artist zog er sich an der Blechrinne hoch.

Vorsichtig und in gebückter Haltung bewegte er sich nun hoch über den Köpfen seiner Freunde, die vor Angst, er könnte vom Dach in die Tiefe stürzen, kaum zu atmen wagten, nach rechts. Der Regen trommelte auf das Dach, und das Wasser gurgelte in der Regenrinne.

Plötzlich schwankte er und rutschte auf dem nassen Dach aus. Er prallte auf und glitt auf die Regenrinne zu, während sich zwei Dachpfannen lösten und an ihm vorbei in die Tiefe polterten. Im letzten Moment gelang es Carlo, seinen Sturz abzubremsen.

In dem Grollen des Donners ging das Zerschellen der Dachplatten unter.

Klicker schluckte heftig. „Mein Gott, das war haarscharf!"

„Von wegen Kinderspiel!" murmelte Blacky, ganz bleich im Gesicht.

Der Rest der gefährlichen Kletteraktion klappte jedoch ohne weitere Zwischenfälle. Carlo seilte sich ab und befestigte das Ende des dritten Seiles, das er über den Schultern getragen hatte, am schmiedeeisernen Geländer. Das andere Ende warf er Kommissar Klicker zu, der zweimal danebengriff, es beim drittenmal aber endlich auffing. Wie besprochen wurde es mit dem anderen Seil sicher verknüpft. Nun konnten sie sich an dem schräg abwärtslaufenden Seil zum Balkon hinüberhangeln.

Der Kommissar kam zuerst zu Carlo herüber. Er schwitzte, als er sich über das Geländer schwang. Eine der Balkontüren stand einen Spalt offen. Der Wind bauschte die staubgrauen Gardinen, durch die man jedoch noch in das Innere des Zimmers blicken konnte. Und was Klicker sah, erfüllte ihn mit unendlicher Erleichterung: Tino Tran spielte mit dem fetten Gangsterboß Sweety Billard.

Als sich auch Bodo und Blacky auf dem großen Balkon befanden, holte Kommissar Nagel das Sprechfunkgerät aus der Jackentasche und sprach leise ins eingebaute Mikrophon: „Adi, bitte melden! Bitte melden!"

„Wir hören. Wie steht es?"

„Haben Kletterpartie lebend überstanden. Alles bestens", sagte

Klicker und berichtete schnell, wo sie sich befanden und wo Tino sich aufhielt. „Ihr könnt jetzt kommen. Versucht, bis ins Zimmer vorzudringen. Dann schlagen wir gemeinsam los. Falls das unmöglich ist, drück zweimal kurz auf die Sprechtaste – doch nur, wenn ihr euch zum Handeln gezwungen seht. Ansonsten gebe ich den Befehl, weil ich die bessere Übersicht habe, wo Tino sich gerade aufhält."

„Verstanden. Wir fahren jetzt los."

Der Regen prasselte auf das Dach des Konditoreiwagens. Es klang wie Trommelfeuer. In Strömen rann das Wasser über die Frontscheibe und ließ die Welt draußen hinter einem Regenvorhang verschwimmen.

Adi wartete bereits hinter dem Steuer, als der Baron die Beifahrertür aufriß und schnell zu ihm in den Wagen sprang. Er schüttelte sich. Sein weißer Konditorkittel wies große nasse Flecken auf. Unter dem Arm hielt er einen kleinen Pappkarton, den er noch schnell aus ihrem VW-Bus geholt hatte.

„Was ist da drin?" wollte Adi wissen, während er den Motor anließ, das Licht einschaltete und die Scheibenwischer auf maximale Leistung stellte.

Der Baron lächelte. „Das sind die Reste von unserem letzten Silvester-Feuerwerk", erklärte er und klappte den Deckel auf. „Mehr als ein Dutzend Kracher und Kanonenschläge. Die Dinger können uns ganz nützlich sein, um Verwirrung zu stiften."

Adi lachte. „Sehr gut."

Der Baron kletterte nach hinten in den Laderaum. „Fahr langsam. Ich möchte ein paar der Torten mit diesen netten knalligen Überraschungen präparieren."

Langsam fuhr Adi den Kiesweg zur Villa Burghausen hoch. Als er um die letzte Kurve bog, erfaßten die Scheinwerfer das Haus. Die Lichtkegel glitten über die Fassade. Deutlich waren die Seile zu erkennen. Er hielt direkt vor dem Portal.

„Okay, alles fertig", meldete der Baron und kletterte schnell wieder nach vorn zu Adi.

Adi griff zum Sprechfunkgerät. „Es geht los, Kommissar!"

„Viel Glück ... uns allen!" lautete die geflüsterte Antwort.

Adi sprang aus dem Wagen. Der Baron schob von innen die seitliche Tür auf und reichte ihm ein großes Tablett, auf dem die Mohrenköpfe und unter anderem auch die beiden Sahnesiphons standen.

„Ich nehme die präparierten Eisbomben und Torten", sagte der Baron und steckte sich mit breitem Grinsen ein Zigarillo an. „Ich kann dir sagen, Adi, das sind jetzt wirklich Eis*bomben* ... sogar buchstäblich!"

Sie traten unter das Vordach des Portals und hämmerten gegen die Tür. Die letzte Phase der Aktion Heringsfalle begann ...

Der Schatten am Fenster

Als Johnny Guitar von seinem Beschattungsauftrag zurückkehrte, unterbrach Sweety das stümperhafte Billardspiel mit Tino. Er rümpfte die Nase und verzog angeekelt das Gesicht. „Mann, wie siehst du denn aus, Johnny? Und wie du stinkst! Penetrant nach Fisch!"

„Ich ... äh ... ich bin vor einem Fischgeschäft ausgerutscht", log Johnny Guitar. Es war ihm peinlich, und er zog es vor, den wahren Hergang besser nicht zu erzählen.

„Ich rieche überhaupt nichts", näselte Knolle.

Sweety stemmte sich auf den Billardstock. „Blödsinnige Bemerkung, Knolle! Bei dem Verband, den du um deine Nase angelegt hast, ist das kein Wunder. Aber anstatt dumme Sprüche zu klopfen, solltest du mir endlich meine heiße Schokolade machen. Wie lange soll ich noch warten, he?"

„Wird sofort erledigt, Boß", sagte Knolle eifrig und verschwand schnell hinter dem Seitenschirm, wo sich die provisorische Küche der Gangster befand. Knolle hatte vor Sweety einen Heidenrespekt, doch dessen hemmungsloser Konsum von Süßigkeiten und heißer Schokolade bereitete ihm allmählich Übelkeit.

„Los, berichte, Johnny!“ befahl Sweety.

„Es ist genauso, wie du vorhergesagt hast, Boß“, sagte Johnny Guitar. „Die Burschen vom *Park-Hotel* haben offensichtlich mächtig Schiß. Sie halten sich genau an unsere Anweisungen. Sie führen ihren Hotelbetrieb so normal weiter, als sei nichts geschehen. Von Bullen weit und breit keine Spur... und ich kenne hier in der Gegend jedes Polizeigesicht.“

„Ausgezeichnet“, sagte Sweety und ließ eine halbe Rolle Smarties in seinen Mund kullern. „Freunde, besser hätten wir es gar nicht antreffen können. Blacky wird für uns die gesamte Ware verscherbeln, und wir machen richtig Kohle. Wir brauchen keine Angst zu haben. Wir haben eine wertvolle Geisel, die zwar miserabel Billard spielt, dafür aber Gold wert ist. Außerdem sind wir in dieser Villa so sicher wie in Abrahams Schoß. Hier wird niemand nach uns suchen. Und wenn wir genügend Kies zusammenhaben, können wir auch eine perfekte Flucht ins Ausland organisieren.“

„Wie lange wollen Sie mich hier festhalten?“ fragte Tino.

„Bis wir alles verkauft haben“, antwortete Sweety mit einem siegessicheren Lächeln. „Johnny, zieh dir andere Klamotten an und sieh zu, daß du diesen Fischgestank loswirst. Und wir spielen weiter, Tino. Wäre doch gelacht, wenn du nicht endlich mal eine Kugel treffen würdest!“

„Vielleicht sollten Sie mich doch besser wieder hinunter in den Keller bringen lassen“, sagte Tino ermüdet. Es war deprimierend, ständig danebenzustoßen.

„Nichts da! Es wird weitergespielt!“ befahl Sweety und machte zwei Stöße. Die Kugeln klackten hölzern aneinander, und innerhalb eines Augenblicks hatte er drei in die Löcher befördert. „Jetzt bist du wieder an der Reihe!“

Tino Tran packte den Billardstock, beugte sich über den Rand des Spieltisches und visierte lange und mit verbissener Miene an. Er wollte diesem eingebildeten Fettsack endlich einmal beweisen, daß er kein Einfaltspinsel war.

Tino merkte nicht, daß Knolle hinter ihm mit einem Tablett aus der Kochnische trat. Auf dem Tablett stand Sweetys Lieblings-Emaillebecher und eine Kanne mit heißer Schokolade.

Mit viel Schwung holte Tino aus.

„Paß auf!“ brüllte Knolle erschrocken, als er das dicke Ende des Billardstockes auf sich zurasen sah. Er wollte sich in Sicherheit bringen, doch Tino war diesmal zu schnell. Der Stock krachte unter das Tablett und fegte es Knolle aus der Hand. Die heiße Schokolade ergoß sich über Knolle, der zu Boden ging.

Zu Tode erschrocken über Knolles Geschrei und den Krach hinter sich fuhr Tino herum. Als er sah, was er angerichtet hatte, wurde er blaß. Knolle sah aus wie ein Mohr. Nur der weiße Verband um seine Nase war teilweise von der flüssigen Schokolade verschont geblieben.

Sweetys heißgeliebte Schokolade! Um Gottes willen!

Doch der Gangsterboß reagierte völlig anders, als Tino erwartet hatte. Er brach in ein schallendes, dröhnendes Gelächter aus und klatschte sich dabei auf die fetten Oberschenkel.

„Wunderbar! ... Herrlich! ... Ein Bild für die Götter!“ Er konnte sich vor Lachen gar nicht mehr einkriegen. Tränen rannen ihm über das Gesicht. „Ich habe es doch gewußt, daß du es noch mal schaffen würdest, Tino!“

„Ich? ... Ja, aber ...“, begann Tino stockend.

„Teufel, das war ein exzellenter Volltreffer!“ trompetete Sweety und lachte.

Knolle dagegen überschüttete Tino mit einer Flut wildester Beschimpfungen und Drohungen. Doch Sweety fiel ihm schnell mit scharfer Stimme ins Wort. „Halt den Mund und mach den Dreck weg, Knolle. Und dann will ich meine heiße Schokolade, verstanden? Wenn du dich wie ein hirnloser Trottel benimmst, verdienst du so etwas auch. Na los, setz dich in Bewegung!“

„Irgendwann rechne ich mit dir ab!“ raunte Knolle Tino im

Vorbeigehen zu und verließ das Zimmer.

Eine Gänsehaut bildete sich auf Tinos Armen. Er wußte, daß er sich einen Todfeind geschaffen hatte. Und er überlegte fieberhaft, welche Fluchtmöglichkeiten es gab. Je länger er in der Gefangenschaft der Gangster blieb, desto gefährlicher wurde es für ihn.

Johnny Guitar kehrte ins Billardzimmer zurück – umgeben von einer alle anderen Gerüche überdeckenden Wolke süßlichen Parfüms. Sweety seufzte geplagt und verdrehte die Augen, sagte jedoch

Als ein Blitz das Haus in grelles Licht tauchte,
blickte Tino unwillkürlich auf
und sah zwei Beine direkt vor dem Fenster baumeln

nichts. Besser als der Fischgestank war dieses billige Parfüm allemal.

Tino fügte sich in sein Schicksal und konzentrierte sich so gut es ging auf das Spiel. Draußen tobte das Sommergewitter. Es krachte und donnerte.

„Das wurde auch Zeit", brummte Sweety, als ein kühler Wind durch den Spalt der offenstehenden Balkontür ins Zimmer drang.

Tino stand mit dem Rücken zum Kamin, das Gesicht dem Fenster zugewandt, und nahm gerade eine Kugel ins Visier, als ein heller Blitz das Haus in grelles Licht tauchte. Tino blickte unwillkürlich auf – und sah Bodo Brocken direkt vor dem Fenster an einem Seil hängen.

Der freudige Schreck war so stark, daß Tino mit dem Billardstock unwillkürlich zustieß. Die Spitze bohrte sich in den grünen Filzbelag und riß die Bespannung auf.

Bodo hing noch immer vor dem Fenster!

Das bedeutete, daß Adi und die anderen ihn gefunden hatten und eine Befreiungsaktion planten! Sie mußten links vom Fenster auf dem Balkon sein! Wenn alles gutging, könnte er bald wieder in Freiheit sein! – All das schoß Tino im Bruchteil einer Sekunde durch den Kopf.

Johnny Guitar indessen saß im Sessel und blätterte lustlos in einem Comic-Heft. Bodo hatte er nicht bemerkt.

Sweety auch nicht. Er starrte auf den Riß in der Filzbespannung und explodierte. „Verdammt noch mal! Ich habe ja nichts dagegen, daß du erst noch lernst, daß eine Kugel rund und ein Billardstock kein Dreschflegel ist. Aber die Bespannung einzureißen, das ist ein starkes Stück!"

Tino brach der Schweiß aus. Er sah, wie ein zweiter Schatten vor dem Fenster vorbeiglitt. „Ich... ich... habe mich so erschrocken. Dieses Gewitter macht mich nervös. Hat das Haus auch einen guten Blitzableiter?"

Sweety lachte geringschätzig, als er Tinos verängstigtes Gesicht sah. „Himmel, bin ich denn nur von Idioten umgeben? Ich brauche etwas, um meine Nerven zu beruhigen. Hoffentlich kommt Knolle bald zurück, um mir die Schokolade zu machen. Nach all dem kann ich eine kleine Stärkung wirklich verdammt gut gebrauchen!"

„Es . . . es wird bestimmt nicht wieder passieren", versicherte Tino eifrig.

Knolle trat ins Zimmer.

„Hoffen wir es . . . zu deinem Guten", knurrte Sweety.

Kurz darauf erhellten starke Scheinwerfer den Vorplatz der alten Villa. Die drei Gangster sprangen sofort wie elektrisiert zum Fenster.

„Wer kommt da?" fragte Sweety knapp.

„Ein weißer VW-Bus . . . sieht wie ein Lieferwagen aus. Er trägt eine Aufschrift", sagte Johnny Guitar.

„Was für eine?"

„Kann ich noch nicht genau entziffern. Der Wagen hält vor dem Portal. Jetzt kann ich es lesen . . . Konditorei . . ."

„. . . Beckmayer", fiel Sweety ihm mit einem zufriedenen Gesicht ins Wort. „Na endlich! Ich dachte schon, die Sachen würden gar nicht mehr kommen."

„Welche Sachen?" fragte Johnny Guitar.

Sweety rieb sich über seinen Spitzbauch. „Ich habe ein paar Köstlichkeiten für uns bestellt, Freunde. Wir haben ja wirklich allen Grund, ein wenig zu feiern."

Johnny Guitar und Knolle sahen sich kurz an. Und dieser Blick besagte in etwa: Als ob wir Verlangen nach diesen verdammten Torten und Süßigkeiten hätten. Aber der Boß ist der Boß. Besser, wir sagen nichts.

„Na los, mach auf und bring die Sachen hoch. Übernimm du das, Knolle!" befahl Sweety, als ein dumpfes Pochen von der Eingangshalle zu ihnen nach oben drang.

„Geh ja schon", murmelte Knolle und verließ das Zimmer.

Tino merkte, wie sich sein Puls beschleunigte. Irgendwie konnte es nicht stimmen, daß da unten vor dem Portal irgendein Lieferwagen einer Konditorei stand. Der Fahrer mußte dann die Männer draußen an der Fassade gesehen haben. Er konnte sich einfach nicht vorstellen, daß sich Adi von einem Lieferanten seinen Plan vermasseln ließ. Dafür waren seine Freunde einfach zu gerissen, Profis eben.

Und das bedeutete also, daß dieser Konditoreiwagen mit zu Adis Plan gehörte. Demnach mußte der Zauber gleich losgehen. Und es war mehr als nur eine Ahnung, die Tino hatte. Verstohlen blickte er zur Balkontür hinüber und überlegte, wie er sich am besten verhalten sollte, wenn der Tanz gleich begann...

Fliegende Torten

„Konditorei Beckmayer!" sagte der Baron forsch, als Knolle die Tür öffnete. „Die bestellte Lieferung für Woblonski!" Und ohne die Aufforderung zum Eintreten abzuwarten, stürmte er an dem Ganoven vorbei. Adi Ehrlich folgte ihm auf den Fersen, in dem er das vollgestellte Tablett schützend vor sein Gesicht hielt. Es war nicht auszuschließen, daß Knolle ihn irgendwann schon einmal gesehen hatte. Glücklicherweise lag die große Eingangshalle in einem schützenden Halbdunkel.

„Stellen Sie die Sachen hier ab!" rief Knolle, schloß die Tür und deutete auf eine niedrige Kommode.

So leicht ließen sich der Baron und Adi nicht von ihrem Vorhaben, in den ersten Stock vorzudringen, abbringen. Zielstrebig und mit geschäftigen Mienen eilten sie auf die breite Treppe zu.

„Die Tabletts kommen wohl in den ersten Stock", sagte der Baron und schritt schon die Treppe hoch.

Knolle rannte schnell hinter ihm her und verstellte ihm den Weg. „Lassen Sie die Tabletts nur hier unten. Machen Sie sich keine Mühe, meine Herren", näselte er.

„Aber im Gegenteil", versicherte der Baron. „Es ist uns eine ausgesprochene Freude, Ihnen behilflich zu sein." Lächelnd wollte er an Knolle vorbei, doch der ließ ihn nicht durch.

„Stellen Sie die Tabletts ab!“ sagte Knolle, nun schon nicht mehr gar so freundlich.

„Sind Sie Herr Woblonski?“ erkundigte sich der Baron.

„Nein“, reagierte Knolle unüberlegt.

„Dann kann ich Ihnen die Waren nicht aushändigen!“ Der Baron schüttelte den Kopf. „Wir haben unsere Vorschriften!“

„Aber wieso?“ fragte Knolle verdattert.

„Ich brauche die Unterschrift von Herrn Woblonski auf dem Lieferschein, wenn's recht ist“, erklärte der Baron.

„Das erledige ich schon!“

Der Baron tauschte mit Adi einen Blick. Ohne Gewaltanwendung würden sie an Knolle leider nicht vorbeikommen. Adi mußte dem Kommissar deshalb das vereinbarte Signal geben. Adi drückte zweimal die Sprechtaste des Walkie-Talkie-Gerätes.

„Würden Sie diese Eistorte bitte mal kurz halten, damit ich den Lieferschein herausholen kann?“ bat der Baron und drückte Knolle eine der beiden großen Eistorten in die Hände. Der Gangster bemerkte nicht, daß der Baron die Glut seines Zigarillos kurz gegen die aus der Torte herausragende Lunte hielt.

Knolle nahm die Torte und runzelte die Stirn. Mißtrauen keimte in ihm auf. „Weshalb soll ich die Torte halten? Was soll dieses ganze Theater überhaupt?“

„Das werden Sie gleich merken“, murmelte der Baron und kramte in seiner rechten Kitteltasche – angeblich nach dem Lieferschein. In Wirklichkeit holte er drei miteinander verbundene Kanonenschläge heraus.

Noch zwei Sekunden, dann würde der Knaller in der Eistorte explodieren ...

Zur gleichen Zeit warteten Kommissar Klicker, Blacky, Carlo und Bodo mit Al Capone auf das Zeichen zum Angriff. Der Regen prasselte auf sie herab.

Al Capone kauerte vor Bodos Füßen, das Fell naß und struppig.

Vermutlich sah der Kater nicht ein, weshalb er hier draußen im Nassen bleiben sollte, wenn die Balkontür doch aufstand und es dort drinnen im Zimmer trocken war. Er lief deshalb auf den Spalt zu.

In dem Augenblick knackte es zweimal im Lautsprecher des Walkie-Talkies in Klickers Hand. „Sie kommen nicht hoch!" raunte der Kommissar. „Wir müssen ..."

„Al Capone!" zischte Carlo warnend und fiel dem Kommissar damit ins Wort. „Bodo! ... Der Kater!"

„Hiergeblieben!" flüsterte Bodo erschrocken und beugte sich vor, um seinen Kater am Nackenfell zu packen und zurückzuhalten. Doch es war schon zu spät. Al Capone wich dem Griff seines Herrchens aus und huschte ins Zimmer.

Bodo der Bomber faßte ins Leere und verlor dabei das Gleichgewicht. Er stürzte nach vorn. Mit der rechten Schulter krachte er gegen die Balkontür und stieß sie nach innen auf. Er selbst fiel der Länge nach hin, und sein Kopf tauchte unter der Gardine hinweg. Entsetzt über sein Ungeschick blickte er nach oben – und sah Johnny Guitar direkt ins Gesicht.

Beide erkannten sich auf der Stelle wieder.

„Boß!" brüllte Johnny Guitar.

„Verdammter Mist!" fluchte Kommissar Nagel und schrie im gleichen Atemzug: „Los, Männer! Zeigt's ihnen!" Er stürmte ins Zimmer. „Polizei! ... Ergeben Sie sich! ... Das Haus ist umstellt! Sie haben keine Chance!" Hinter ihm stürzten Blacky und Carlo in den Raum.

Ein ohrenbetäubendes Krachen drang von der Eingangshalle her ins Zimmer und hallte durch das Haus. Der starke Kracher in der Eisbombe war explodiert. Knolles Aufschrei ging im Explosionsdonner unter. Die Eisbombe zerplatzte direkt vor seiner bandagierten Nase. Dicke Eis- und Kuchenstücke wurden ihm ins Gesicht geschleudert.

Der Baron steckte nun schnell die Lunten der drei zusammengebundenen Kanonenschläge in Brand, warf sie hinter sich und stürmte die Treppe hoch.

„Überfall!" gellte Knolles Stimme durch die Halle.

„Kümmere dich um ihn!" rief der Baron Adi zu. „Ich mische dort oben mit!"

„Alles klar!" schrie Adi zurück und schleuderte mit der linken Hand das zweite halbvolle Tablett Knolle in die Kniekehle. Der Gangster, der zu flüchten versucht hatte, stürzte.

Mit einem Satz war Adi bei ihm und legte ihm Handschellen an. Er kettete ihn an das solide Treppengeländer. Dann klemmte er sich einen Sahnesiphon unter den Arm und nahm eine der Cremetorten ...

Im Billardzimmer herrschte zur selben Zeit das totale Chaos. Sweety hatte mit bewunderungswürdiger Schnelligkeit reagiert. Er sprang zu Tino Tran hinüber, legte ihm den rechten Arm um den Hals und drückte ihn fest an sich.

„Mir kommt keiner zu nahe!" schrie er mit sich überschlagender Stimme. Das Geballere unten in der Halle jagte ihm Angst und Schrecken ein. Es klang so, als würde Knolle sich mit den Polizisten ein erbittertes Gefecht liefern. „Ich habe eine Geisel! Wer mir zu nahe kommt, gefährdet ihr Leben! ... Ich verlange freien Abzug!"

„Da hast du dich aber gewaltig geschnitten, Fettsack!" stieß Tino Tran wütend hervor. Jetzt wurde es Zeit, daß er sich für all die Gemeinheiten der Gefangenschaft revanchierte. Er packte den Billardstock mit beiden Händen, holte mit aller Kraft aus und rammte ihn dem Gangsterboß mit voller Wucht auf den rechten Fuß.

„Aaaaaaooooaaaah ...!" schrie Sweety und ließ Tino los. Er hüpfte auf einem Bein durch das Zimmer. Als er sich bewußt wurde, daß er seine Geisel verloren hatte, vergaß er seinen Schmerz und schlug mit seinem Billardstock nach Tino.

Doch Tino war nun in Fahrt. Er parierte den Schlag mit seinem Stock. Und er machte seine Sache ausgezeichnet, als Sweety nun auf ihn eindrang.

„Sweety, der rollende Ritter von der fettigen Tafelrunde!" spottete

„Himmel, ich wußte gar nicht, daß hier so etwas wie ein Stierkampf stattfindet!" rief der Baron dem Dicken zu

Tino und wich immer mehr zur Tür zurück. Aus den Augenwinkeln sah er, wie Johnny Guitar sich verzweifelt verteidigte. Er warf mit den Billardkugeln um sich und hielt sich damit den Kommissar und Blacky vom Leib. Die Scheiben der Balkontüren gingen klirrend zu Bruch. Aber es war nur eine Frage der Zeit, wann er aufgeben mußte.

„Dich Handtuch werde ich aufspießen!" brüllte Sweety außer sich vor Wut. Er wußte, daß er dieses Spiel verloren hatte. Es gab kein Entrinnen mehr. Aber Tino wollte er nicht ungeschoren davonkommen lassen. Er nahm den Billardstock wie einen Speer in die Hände und rannte auf Tino zu.

In dem Moment riß der Baron die Zimmertür auf und stürmte herein. Erschrocken sprang er zur Seite, als er den fetten Gangster mit der Lanze auf sich zurasen sah.

„Himmel, ich wußte ja gar nicht, daß hier auch so etwas wie ein Stierkampf stattfindet!" rief er verblüfft. „Olé, Dicker!"

Sweety war nicht weniger erschrocken, als dort, wo eben noch Tino gestanden hatte, niemand mehr war . . . außer der offenstehenden Tür. Angst trat in seine Augen.

Er hatte so viel Anlauf genommen, daß er nicht mehr rechtzeitig genug abbremsen konnte. Und so schoß er am Baron vorbei und stürzte kopfüber die Treppe hinunter.

Adi sah ihn kommen. Und als Sweety wie eine Kugel die Stufen heruntergekullert war, den letzten Treppenabsatz erreicht hatte und aufspringen wollte, klatschte Adi ihm die Cremetorte mitten ins Gesicht.

„Guten Appetit!" rief Adi spöttisch.

Sweety schrie mehr vor ohnmächtiger Wut als vor Schmerz auf. Wie ein Blinder torkelte er durch die Halle. Er wischte sich den Cremekuchen aus dem Gesicht. Und dann sah er Adi vor sich. Er wollte sich auf seinen verhaßten Widersacher stürzen.

Adi jedoch hatte noch den Sahnesiphon in der Hand. „Erst durch Sahne wird Kuchen so richtig schön", sagte er grimmig und drückte den Hebelgriff hinunter. Aus der Öffnung schoß die Sahne, und in Windeseile bedeckte der Sahneschaum Sweetys Gesicht und kräuselte sich auf seinem schwarzen Pomadehaar.

Sweety gab auf und setzte sich mit einem lauten Plumps auf die Fliesen der Eingangshalle. Unverständliche Worte drangen durch die Schicht aus Kuchen und Sahne. Er merkte gar nicht, wie sich die Handschellen um seine Handgelenke schlossen.

Im Billardzimmer kämpfte Johnny Guitar einen ausweglosen Kampf. Nachdem ihm die Wurfgeschosse ausgegangen waren, hatte er zu einem Stuhl gegriffen. Er drohte jedem den Schädel einzuschlagen, der sich ihm näherte. Johnny wirkte sehr entschlossen – und niemand traute sich, in seine Reichweite zu kommen.

„Das haben wir gleich", brummte Fassaden-Carlo, streifte das Ersatzseil von den Schultern und schwang es wie ein Lasso. Im nächsten Moment sirrte die Schlinge durch die Luft, fiel über Johnny Guitar und legte sich um die Brust des Gangsters. Und ehe Johnny Guitar mitbekam, was geschah, ruckte Carlo kräftig am Seil – und rücklings ging der Gangster zu Boden. Im Nu waren der Kommissar und Blacky zur Stelle, um auch ihm die Handschellen anzulegen.

Der Kampf war vorbei, die Gangster waren ausgeschaltet – und alles ohne Blutvergießen.

„Hättet ihr nicht ein wenig früher kommen können?" beklagte sich Tino Tran trocken. „Dieses blödsinnige Billardspiel hättet ihr mir wirklich ersparen können!"

„Deine berauschende Dankeshymne nimmt mir den Atem", erwiderte Carlo spöttisch.

Der Baron eilte hinunter in die Halle und kam mit der zweiten großen Eistorte zurück. „Freunde, das war ein glänzender Sieg auf ganzer Linie. Das müssen wir feiern. Die Torte ist noch heil geblieben. Zerlegen wir sie, Freunde!" rief er überschwenglich.

Die Clique drängte sich um ihn.

Plötzlich explodierte das süße Gebilde. Alle wurden mit Kuchen und Eis bespritzt. Ein dickes Stück klatschte auf Klickers Glatze.

Der Baron machte ein verdattertes, betretenes Gesicht. „Komisch, und ich dachte, der Knallkörper sei naß geworden. Muß wohl ein Spätzünder gewesen sein", entschuldigte er sich.

„Na, zumindest brauchen wir sie nicht mehr zu zerlegen", bemerkte Adi Ehrlich trocken und wischte sich eine Eisfrucht vom rechten Auge, während seine Freunde in ein befreiendes Gelächter ausbrachen. Was machte schon das bißchen Dreck, wo doch die Aktion „Heringsfalle" ein so erfolgreiches und glückliches Ende gefunden hatte ...

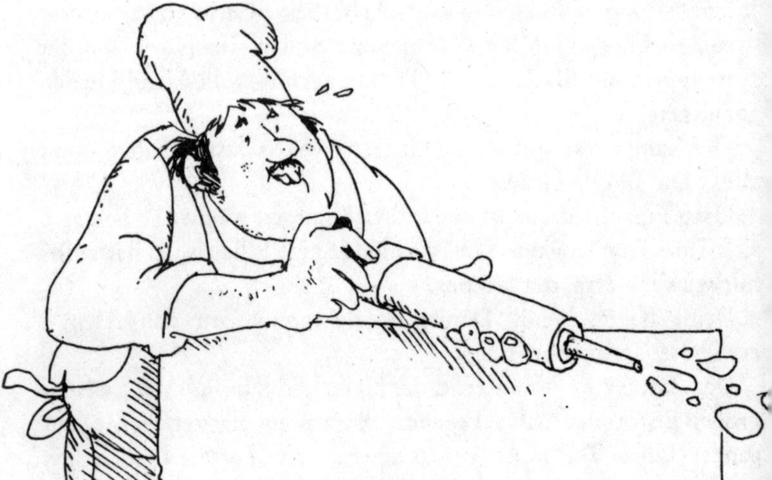

Deckelbild und Illustration: Erich Hölle
Redaktion: Corinna Weise
Bestellnummer: 8151

München – Wien
ISBN 3 505 08151 5

Weitere Bände sind erschienen.

Spannende SchneiderBücher von Rainer M. Schröder:

HABE ICH		WÜNSCHE ICH MIR
	Kommissar Klicker (Band 1) **Unternehmen Bratpfanne** Wenn sechs Ganoven ein Hotel eröffnen, muß ein besonders raffinierter Plan dahinterstecken . . .	
	Kommissar Klicker (Band 2) **Jagd auf blaue Blüten** Wenn sechs ehrliche Ganoven auf Gangsterjagd gehen, passieren merkwürdige Dinge . . .	
	Kommissar Klicker (Band 3) **Die Heringsfalle** Wenn sechs ehrliche Ganoven erpreßt werden, müssen sie sich schon etwas Außergewöhnliches einfallen lassen . . .	
	Kommissar Klicker (Band 4) **Geheimsache Pustekuchen** Wenn sechs Ex-Ganoven einem Gangster-Syndikat auf der Spur sind, müssen sie höllisch aufpassen . . .	
	Kommissar Klicker (Band 5) **Käpt 'n Ketchup dreht ein Ding** Wenn einer der sechs Ex-Ganoven rückfällig zu werden droht, muß schon etwas ganz Besonderes dahinterstecken . . .	

Deine Wunschliste bitte hier ausschneiden.

RAINER M.
SCHRÖDER

**Kommissar Klicker –
Jagd auf blaue Blüten**

„Der Mann, der diese Blüten hergestellt hat, ist nicht übel, aber zur Spitzenklasse gehört er nicht!“ stellt Tino fachmännisch fest. Tino muß es wissen, denn er ist der Falschgeldspezialist der sechs ehrlichen Ex-Ganoven, die zusammen mit Kommissar Klicker Jagd auf die Blütenbande machen. Ihr Plan, die Fälscher zu überführen, ist so verrückt, daß er eigentlich klappen müßte.

Schneider-
Buch